Kiss Me in NEW YORK

Catherine Rider

Kiss Me in NEW YORK

Traduit de l'anglais par
Vanessa Azoulay

anthelion

Première édition au Canada et aux Etats-unis par Kids Can Press Ldt, 25 Dock side Drive, Toronto, ON MSA DBS

anthelion

Direction : Guillaume Pô
Direction éditoriale : Sarah Malherbe
Édition : Claire Renaud
Direction de la fabrication : Thierry Dubus
Fabrication : Audrey Bord
Composition : Text'Oh!

www.fleuruseditions.com
ISBN : 978-2-2151-8942-8
MDS : FS89428

À Julia, pour toutes les histoires sur New York

Chapitre 1

Charlotte

Veille de Noël, 14 heures

Avoir le cœur brisé, ça change pas mal de choses. Par exemple, ce n'est vraiment pas mon genre de fusiller du regard l'hôtesse souriante qui me souhaite de bonnes fêtes à l'aéroport de Kennedy, en enregistrant mes bagages.

Mais à ce stade, c'est plus fort que moi. C'est la veille de Noël et je n'ai qu'un seul objectif : quitter New York le plus vite possible. Je ne veux plus jamais regarder en arrière. Je veux même oublier que je suis venue, oublier que j'espérais devenir une nouvelle version de moi-même dans cette ville.

Au tout début, lorsque je suis arrivée, New York, pour moi, c'était une ville trépidante, qui brillait de mille feux. Mais il y a quinze jours, tout a changé. J'ai commencé à me rendre compte que M. et Mme Lawrence, chez qui je logeais à Yonkers, n'avaient pas tout à fait tort lorsqu'ils critiquaient des choses qui, moi, m'émerveillaient. C'est vrai qu'il y a des gens mal élevés – ils sont nombreux – qui trouvent toujours le moyen d'être en travers de votre chemin. Et des rats. Et puis aussi, cette impression saisissante que la ville tout entière se trouve enfermée sous un dôme géant qui sent la pizza de la veille.

Le sourire de la dame est en train de se changer en grimace. Je me rends compte que l'image que je renvoie ne doit pas être très sympathique, avec mon air renfrogné et mes yeux hagards.

J'essaye de rattraper le coup en répondant :

– Oh oui, à vous aussi !

J'ajoute que je prends le vol de 18 h 45 pour Londres, Heathrow. Elle scrute son ordinateur en fronçant les sourcils.

– Ouah, vous avez presque cinq heures d'avance ! Vous, les Britanniques, vous êtes du genre ponctuels, hein ?

Si je n'avais pas eu peur de passer pour une foldingue asociale, je lui aurais probablement rétorqué : « Rien à voir avec la ponctualité, Ronda (le prénom inscrit sur son badge). Il y a encore quinze jours, je n'avais surtout pas envie de rentrer chez moi. Je vivais ma meilleure vie au lycée de Sacred Heart, où je faisais un semestre d'échange. Et je commençais déjà à trépigner d'impatience à l'idée de revenir ici en septembre prochain pour faire mes études. Parce que je me suis présentée aux admissions anticipées et que j'ai été acceptée en journalisme à Columbia la classe totale. Je me faisais une joie de venir m'installer dans une ville où je pourrais enfin vivre des histoires. New York allait m'inspirer tellement de sujets ! Et j'allais devenir New Charlotte. Qui est New Charlotte ? New Charlotte, en gros, c'est moi… Enfin, on se ressemble comme deux gouttes d'eau, ça, on ne peut rien y faire. Sauf que New Charlotte est impulsive et extravertie, alors que Old Charlotte était plus casanière. New Charlotte prend des risques, Old Charlotte, certainement pas. Quand je suis arrivée ici, je me suis rendu compte que New Charlotte était carrément géniale ! Elle avait un succès fou… notamment auprès de ce garçon dans mon cours d'anglais, Colin.

Sauf qu'après ça, Colin m'a brisé le cœur. Et à la seconde où c'est arrivé, j'ai arrêté d'être impulsive et libre, et j'ai eu le temps de me concentrer sur tout ce qui est nul à New York. Comme le fait que prendre le métro, c'est aussi confortable que de faire un tour en caddie à roulettes. Et que vous supportez des trucs vraiment débiles : par exemple, les voitures ont le droit de tourner à droite alors même que les passants sont en train de traverser ! Et puis, en décembre, on se pèle carrément. Sérieux, un froid de canard pareil, je suis sûre que c'est une violation des droits de l'homme. »

Mais je lui réponds simplement :

– Il faut croire que j'ai hâte de rentrer chez moi.

Ce qui n'est pas moins vrai. C'est juste une réponse plus concise et directe. C'est peut-être pour ça que ça a capoté avec Colin. Si je lui avais demandé cash s'il était malheureux, si j'avais été plus directe, peut-être qu'on serait encore ensemble.

« Arrête, Charlotte. Ce n'est pas en étant plus directe que tu aurais rendu Colin moins crétin. »

Je ne peux pas me contredire là-dessus. Tout comme je n'ai rien à répondre à la ritournelle cruelle que je n'arrive pas à me sortir de la tête : « Voilà ce qui arrive quand on est trop impulsive. »

Lorsque mon tote-bag se renverse, une mini-statue de la Liberté emporte dans sa chute une petite voiture taxi, avant de s'écraser sur un modèle réduit de l'Empire State Building, et je prends conscience de deux choses : la première, que mon tote-bag est effectivement trop gros, comme ma mère me l'a toujours reproché ; et la seconde, que j'ai dû m'enregistrer, m'éloigner du comptoir, traverser l'aéroport et entrer dans une boutique sans que mon cerveau n'ait enregistré le moindre de ces actes.

Pourtant, ma carte d'embarquement est bien glissée dans mon passeport et je me trouve, pour une raison que j'ignore, dans une boutique de souvenirs. Qu'est-ce que je fais là ? Je ne veux pas rapporter de souvenirs de mon semestre à l'étranger. Je veux m'en aller et laisser tout ça derrière moi. La ville de New York peut garder tout qu'elle a touché, gâté et pourri.

Je n'ai pas menti à Ronda. Là, maintenant, j'ai vraiment hâte de rentrer. De rentrer chez moi et de me remettre dans ma peau d'avant. Dans ma peau originelle, la vraie, celle que je suis apparemment condamnée à garder pour l'éternité. Appelons-la British Charlotte.

Je sens des dards brûlants me piquer les yeux, c'est le signal que je dois vite filer. Même British Charlotte ne pleure pas en public. Alors je me fraye un chemin entre les peluches souvenirs et les gratte-ciel en plastique pour sortir de la boutique, puis je traverse le hall principal d'un pas décidé. Je baisse la tête pour ne pas voir le poster géant de la fameuse ligne d'horizon panoramique de Manhattan. Je suis trop ronchon (triste) pour m'émerveiller devant les lumières éclatantes de cette ville qui ne dort jamais. Tout ce que je vois, ce sont des tours d'acier gigantesques et monstrueuses qui éperonnent le ciel, comme si elles voulaient le provoquer en duel.

Non mais sérieux, New York ! Il t'a fait quoi, le ciel ?

Misère ! Tout compte fait, je n'aurais peut-être pas dû arriver aussi tôt à l'aéroport. J'ai quatre heures à tuer, maintenant. Scotchée à mon portable, je fais un tour sur Insta toutes les trois minutes : d'abord mon fil, puis l'activité de mes amis, pour voir qui a liké les photos de qui (rafraîchir-rafraîchir-rafraîchir). À force, je vais vider ma batterie et je ne pourrai même plus écouter de musique. Cela dit, ce n'est peut-être pas plus mal, vu qu'il ne reste pratiquement plus rien sur mes play-lists, à part des morceaux déprimants.

Pour tout dire, je commence à vraiment être fan des Smiths, ce qui n'est pas forcément une bonne idée, dans mon état actuel !

« J'ai besoin de ressentir une attirance super, forte pour la fille avec qui je suis. De ressentir, je ne sais pas, genre, de la passion. Et là… ce n'est pas le cas. » C'est comme ça qu'il a rompu.

Je décide que ce qu'il me faut, c'est une distraction. Alors je mets le cap sur la boutique où ils vendent des livres, entre autres. Après mon retour, je ne lirai plus que des auteurs anglais, c'est décidé ! Les Américains, je n'en veux plus.

En arrivant dans le magasin, je m'arrête net parce que je ne sais même pas ce que je recherche. Au rayon des meilleures ventes, je ne trouve que de la *chick lit*. J'aime assez lire ce genre de chose, en général, mais là, cette profusion de cœurs me donne la nausée. Mon regard se pose alors sur une trilogie de thrillers à sensation bien trash et violents. En voilà, une idée : un livre qui n'est qu'intrigue, violence et zéro sentiment, ça me semble très bon pour ce que j'ai. Je mets cinq bonnes minutes à faire mon choix, en soupesant le potentiel divertissant de chacun des livres : c'est difficile à déterminer, vu que les trois couvertures sont quasi identiques. Des silhouettes d'homme en mouvement sous des titres en un mot. Je me demande quelle différence profonde il peut bien y avoir entre *Vengeance*, *Riposte* et *Représailles*.

Représailles est littéralement sous-titré « Donny va prendre cher… »

Je ne sais pas qui est Donny ni pourquoi il va prendre cher, mais c'est le livre que je choisis. Je me dirige vers la caisse. En m'engageant dans l'allée, je contourne une personne qui est sur le point de se disloquer l'épaule en tentant d'attraper un livre relié rangé très en hauteur. Un best-seller ultra-épais. Je l'entends grogner, puis jurer, lorsqu'un autre livre tombe de l'étagère. J'ai tout juste le temps de voir qu'il s'agit d'un petit livre de poche, une fraction de seconde avant qu'il ne me rebondisse sur le crâne. Je tends instinctivement les bras pour l'attraper au vol.

– Je suis désolé, meuf.

Je lève les yeux et me retrouve happée par le regard brun d'un grand garçon de deux ou trois ans de plus que moi. Ses cheveux longs et décoiffés semblent avoir été aplatis par le bonnet qu'il a clairement gardé toute la journée. Je vis à New York depuis assez longtemps pour reconnaître un authentique spécimen de frimster de Williamsburg, surnom de mon cru – bon d'accord, ce n'est pas super-gentil – auquel les filles de Sacred Heart avaient décerné le titre de « meilleure contraction entre frimeur et hipster qu'elles aient jamais entendue ».

En tout cas, frimster de Williamsburg ou pas, le style *roots* crade mais soigné lui va à ravir. À Brooklyn, les hipsters ne dégagent pas la *vibe* pouilleuse des hipsters de chez moi. Et même de mauvais poil, je suis capable de repérer un beau gosse.

Si mon cœur ne venait pas de servir de punching-ball à un autre hipster aux pommettes saillantes, je serais sans doute en train de fondre un peu, là.

Il me tend sa main libre. De l'autre, il tient le bouquin qu'il est venu acheter et un sac de la boutique de souvenir, dont je viens de sortir.

– Tu veux que je le repose sur l'étagère ?

Je jette un coup d'œil aux deux livres que j'ai entre les mains. Celui que j'ai sauvé d'une mort atroce est couvert de bulles de BD dans lesquelles sont dessinés des verres de vin, des instruments de musique, des cœurs recouverts de pansements et, curieusement, un chiot. Les lettres rouges ornementées crient à tue-tête : *Oubliez votre ex en dix étapes !*

– Commence déjà par accepter que c'est un connard.

Je relève les yeux vers le hipster beau gosse qui jette des regards moqueurs, tantôt sur le livre de développement personnel, tantôt sur moi. Ensuite, il désigne *Représailles.*

– J'ai l'impression que tu es partie sur un scénario un peu plus violent.

Je hoche la tête.

– C'est pour me livrer à des représailles dans mes rêves.

– Laisse-moi te l'offrir. Après tout, tu as failli finir à l'hosto avec une commotion à cause de moi.

Je lui passe le livre.

– Merci. Tu viens d'échapper à ma liste noire.

Euh, il se passe quoi, là ? Je drague un inconnu ? Ça ne me ressemble pas trop, mais bon, vu qu'il est canon et que je ne le reverrai jamais, il n'y a peut-être pas de mal à battre un peu des cils.

Ça peut même arriver à British Charlotte. Et sous prétexte que j'ai fait un *reset*, ça ne veut pas dire que je ne peux pas améliorer ou perfectionner le modèle. Le hipster beau gosse ne sait pas que je viens de me faire larguer par mon mec pour manque d'attirance. Il ne sait pas que je pleure toutes les heures depuis quinze jours. Il ne sait pas que mon objectif « esprit libre et intrépide » de la rentrée s'est retrouvé brutalement enfermé dans le donjon des émotions.

La mission de départ, elle, en revanche, tient toujours : j'ai encore quelques heures pour ne pas être une petite Anglaise timide et réservée.

Ce rôle-là, je le réintégrerai en arrivant à la maison.

– Attends, me dit-il en glissant tous les livres sous son bras. Je peux te demander ton avis sur un truc ?

Sans attendre ma réponse, il plonge la main dans le sac de la boutique de souvenirs et attrape un ours en peluche rose portant un t-shirt noir avec dessus, la ligne d'horizon de Manhattan qui aurait pu être dessinée par un enfant. Et en travers, « *I HEART NEW YORK* » en grosses lettres roses.

Il n'y a pas de cœur : le mot « *heart* » est écrit en toutes lettres.

– C'est pour ma meuf. Elle vient de passer un semestre en Californie. Sur une échelle de un à dix de la kitchitude, tu lui mets combien ?

– Dix-sept.

Il éclate de rire. Un peu trop fort. Je me demande si son rire m'aurait autant agacée s'il n'avait pas détruit mon optimisme en prononçant le mot en M.

« Retiens la leçon, British Charlotte, me dis-je en suivant mécaniquement le hipster beau gosse jusqu'à la caisse. L'opération New Charlotte est un échec cuisant. »

Il paye et je décroche de son bla-bla. Je suis sûre que sa « meuf » doit être formidable, tout ça, mais j'ai modérément envie de savoir qu'elle va « grave kiffer » l'humour du t-shirt mégakitsch. Après avoir payé, il me tend mon livre dans un sac et nous sortons ensemble de la librairie. Mais nous sommes immobilisés par un genre de blizzard humain causé par les voyageurs de Noël qui se pressent de tous les côtés.

– Merci pour le livre, dis-je en le plongeant dans mon tote-bag.

Il s'apprête à répondre lorsque nous sommes interrompus par une voix d'homme, un cri suraigu qui jaillit du brouhaha de l'aéroport.

– Tu veux rompre ? C'est une blague ?

Le hipster beau gosse se retourne, ce qui m'oblige à m'écarter pour voir ce qui se passe. Nos yeux se posent sur un couple de jeunes qui se regardent en chiens de faïence au niveau des arrivées. Elle est blonde. Sa peau est dorée, et ses cheveux bouclés sont énervants de perfection. Elle porte un manteau blanc magnifiquement bien coupé. Elle ne doit pas être beaucoup plus âgée que moi. Vu qu'elle traîne une valise bleu pâle, je suppose que c'est elle qui vient d'arriver. Le mec aussi a l'air d'avoir mon âge. Il porte une espèce de parka huilée bs écossais que j'entrevois dessous. Il a un sac à dos rouge à l'épaule, mais je ne vois pas d'étiquette de l'aéroport. Il ne s'agit pas d'un jeune couple qui rentre de voyage, mais d'un jeune couple qui se retrouve à l'aéroport.

Enfin, il s'agissait d'un couple. Et quand je dis « retrouve », c'est peut-être exagéré.

La fille, mains jointes, se touche la poitrine. Le geste universel pour dire « je suis désolée ». Le type a laissé pendre son bras qui porte une douzaine de roses. Il jette des œillades vers la gauche, puis vers la droite, comme si on venait de lui demander de calculer de tête la racine carrée de 23 213.

Je devais faire exactement cette tête-là, quand Colin a rompu.

J'offre un rictus au hipster beau gosse, l'expression universelle qui traduit « gênance ! ». Mais il ne me regarde pas. Il regarde le sol en secouant la tête et marmonne :

– Elle lui avait dit qu'ils se verraient après les fêtes.

Mais j'hallucine, c'est elle, la fille qu'il est venu retrouver ?

Il se tourne vers moi et son visage affiche la même expression que celui de M. Lawrence le jour où le plombier lui a dit qu'il passerait entre dix heures et seize heures ; l'air de dire : « Non, mais sérieux, les conneries que je suis obligé de gérer ! »

– Elle avait prévu de s'en occuper à ce moment-là. Mais il a fallu qu'il vienne lui faire la surprise. Il la met dans une situation hyper-gênante. Le boulet !

Sans même me dire au revoir, il va rejoindre le couple qui est en pleine rupture. Arrivé à leur hauteur, il dégaine l'ours en peluche ridicule et le pose sur l'épaule de la fille. Surprise, elle sursaute, se retourne et pousse un cri de joie. Son visage s'illumine d'un grand sourire et elle l'attire vers elle pour l'embrasser langoureusement. À côté, le pauvre garçon au bouquet de roses paraît toujours aussi médusé par son problème de maths.

Je me détourne de cette scène perturbante et me dirige vers la sécurité en repensant à ce que m'a dit le hipster beau gosse tout à l'heure.

Lui, je n'ai aucun mal à accepter que c'est un sale con.

*

14 h 55

– Je comprends que vous soyez déçu, monsieur. Mais je n'ai aucune influence sur la météo. Si vous avez une réclamation, je vous conseille de vous adresser à Dieu.

J'ai entendu la dame de la porte d'embarquement formuler cette réponse de quatre manières différentes face à quatre passagers différents. J'en suis encore à espérer que mon cerveau me joue un tour, que ce scénario cauchemardesque de blizzard qui paralyserait l'aéroport de Kennedy n'est qu'une invention fantasque de sa part.

Lorsque mon tour vient, je pose la main sur le comptoir, comme si j'avais besoin de m'appuyer dessus. Je donne mon numéro de vol à la dame. Je nourris l'espoir fou que mon avion à moi a des roues spéciales équipées de pneus conçus par des extraterrestres, qui adhèrent à la piste de décollage même s'il y a une épaisse couche de neige, et qu'il pourra m'emmener loin, très loin d'ici.

Me ramener chez moi.

La dame à la porte d'embarquement consulte son écran.

– Bon, ma jolie. La bonne nouvelle, c'est que votre avion est ici, à New York. La mauvaise, c'est qu'il ne va pas pouvoir décoller à cause de…

Elle se lance dans une explication plus ou moins compréhensible, mais je ne l'écoute déjà plus. J'ai l'impression qu'on me tient la tête sous l'eau et que le grondement sourd qui me remplit les oreilles me coupe de mon environnement. Je me sens à l'étroit dans le caban noir que Mme Lawrence m'a acheté quand il s'est mis à faire froid. C'est comme s'il avait pris vie et qu'il m'étouffait.

Mon vol de retour a été annulé. Je suis bloquée ici.

– Vous pouvez me trouver une place sur le prochain vol ? On voyage de nuit, après tout. Ça revient au même pour moi d'atterrir à huit heures du matin ou deux heures plus tard. Je ne vais pas dormir, de toute façon. Je ne ferme jamais l'œil en avion. Je suis trop survoltée.

Je me rends bien compte que je parle pour ne rien dire et je sais très bien pourquoi je le fais : tant que je parle, je ne fonds pas en larmes.

Je ne peux pas rester bloquée ici. C'est impossible ! Il faut que je rentre. Mes parents m'attendent. D'ailleurs, mon père est sans doute en train de vérifier l'état de mon vol en ce moment même. S'il voit qu'il est retardé, il va péter un câble.

– Je suis vraiment désolée, mademoiselle, dit la dame de l'embarquement.

Son visage affiche un rictus contrit, comme si ça lui fendait le cœur d'annoncer cette mauvaise nouvelle à une parfaite inconnue. Je l'ai vue faire la même grimace pour deux autres personnes avant moi.

– Mais avec les conditions météo, il y a déjà de longues listes d'attente pour tous les vols à destination de Londres. Vous avez très peu de chances de décoller ce soir. Je suis désolée.

Elle m'oriente vers un bureau d'informations où une autre dame trop joviale fixe son écran pendant, sans mentir, cinq bonnes minutes, avant de m'annoncer que le prochain vol sur lequel elle peut me réserver une place ne décollera pas avant neuf heures trente… du matin.

Je ne passerai pas le matin de Noël en famille. Au lieu de ça, je serai ici, à New York, cette ville que je *love* mais que j'ai juste envie de quitter.

*

Je suis prise d'une autre absence. Je ne sais combien de minutes plus tard, je sors en titubant du terminal principal. J'ai laissé ma valise enregistrée à la compagnie aérienne. Sur mon épaule gauche, mon tote-bag ne contient rien d'autre que le thriller que le hipster beau gosse m'a acheté et le voucher que la compagnie aérienne m'a donné. C'est donc au Ramada Hotel que je vais aller m'enterrer pour passer le réveillon de Noël toute seule. Je ne suis encore jamais descendue seule dans un hôtel et je suis submergée par la sensation de perdre pied. Et si l'hôtel ne me laisse pas entrer sans adulte ? Et si je me retrouve échouée entre un hôtel qui refuse de m'héberger et un aéroport qui refuse de me laisser partir ?

Je n'ai jamais vécu d'expérience aussi désespérante.

– Ça va aller, mon cœur. Ces choses-là finissent toujours par rentrer dans l'ordre.

Je parle à ma mère au téléphone. Je voudrais qu'elle pète un câble comme moi, mais maman est toujours gentille et calme. D'ailleurs, elle est réputée pour ça. Tout le monde la surnomme Méla-zen. J'ai toujours trouvé ça assez niais, comme surnom, mais là, tout de suite, ça me semble à mourir de rire.

Je me pose sur un banc et j'enfouis mon visage dans le creux de ma main libre. Ça ne me rend pas vraiment plus heureuse, mais au moins, je me retrouve dans une bulle qui éloigne l'aéroport. J'ai un peu moins l'impression qu'il se referme sur moi.

Maman recommence à me parler, mais sa voix est couverte par celle d'Emma. Je vois d'ici ma petite sœur de cinq ans qui se bat comme une lionne pour lui arracher le téléphone des mains.

– Maman, maman, je veux parler à La Lotte ! S'il te plaît !

Petite, Emma n'arrivait pas à prononcer correctement « Charlotte », alors elle s'est mise à m'appeler La Lotte. J'ai toujours trouvé ça énervant… sauf aujourd'hui.

– Pas maintenant, Em. Puis, à moi ! Tu ne pourrais pas retourner chez les Lawrence ?

– Non, réponds-je. Ils passent Noël en famille dans le Vermont. Ils m'ont déposée à l'aéroport et ont pris la route dans la foulée.

– Ça va aller, mon cœur, répète-t-elle. Au moins, à l'hôtel, tu seras au chaud et en sécurité, hein ? Qu'est-ce que tu peux demander de plus ?

Je m'essuie les yeux en éloignant la bouche du téléphone pour qu'elle ne m'entende pas renifler. Il y a des tas de choses de plus qu'une chambre d'hôtel chauffée que je pourrais demander. Comme un vol pour quitter cette ville de misère. Ce serait un bon début. Je crois que la vie a décidé qu'après m'avoir mise à terre, elle allait en plus me cracher à la figure, éclater de rire et partir en courant.

Maman me dit qu'on peut fêter Noël le 26 et que toute la famille m'aime très fort. Pour une raison que j'ignore, j'ai la gorge qui se serre d'un coup. Dans notre famille, on n'est pas du genre démonstratifs. Le fait que ma mère éprouve le besoin de me dire un truc comme ça me conforte dans l'idée que oui, effectivement, je me trouve bien dans une situation de merde. Je lui dis que moi aussi, je l'aime, en essayant d'empêcher ma gorge d'étrangler mes voyelles. Juste avant de raccrocher, elle ajoute :

– Je veux que tu m'écoutes, Char. D'accord ? Tu m'écoutes ?

– Oui.

– Je sais que c'est déprimant et je le comprends. Mais je ne veux pas que tu broies du noir ou que tu te mettes le moral dans les chaussettes. Oui, c'est sûr, ça tombe mal, mais il y a des choses pires dans la vie, tout bien considéré. Hein ? Et il y a toujours des gens qui vont plus mal que soi, mon cœur.

Je réponds que je comprends. C'est vrai, je comprends. Mais je sais qu'il va me falloir du temps avant de pouvoir être activement d'accord avec elle. On raccroche et je range mon portable dans mon tote-bag. Clairement, ce qui pèse le plus lourd sur mes genoux, c'est le thriller que le hipster beau gosse m'a offert. Mais ce qui m'angoisse surtout, c'est le voucher pour une chambre d'hôtel où j'appréhende de dormir seule. Maman était très zen là-dessus aussi. Elle m'a bien fait comprendre que si j'étais partie seule aux États-Unis, j'allais survivre à une nuit seule dans une chambre d'hôtel.

Elle a raison. Même pour British Charlotte, ça ne devrait pas être un exploit insurmontable.

Mais je sais que la chambre elle-même sera fade et basique. Sans doute beige. Rien que de l'imaginer, ça me déprime. Et je sais que tout ce que je vais faire quand j'y serai, c'est ruminer les horreurs que Colin m'a balancées en repensant à la tête qu'il faisait en les disant : comme si c'était un vrai calvaire d'avoir à me larguer. Je vais ressasser tout ce qui fait de lui une ordure et me sentir comme une merde parce que j'ai osé espérer lui faire éprouver de la passion, ou je ne sais quel sentiment qui l'a finalement poussé dans les bras de la fille avec qui il sort maintenant. Il ne mérite pas mes larmes. Et en même temps, je commence à me dire que ce ne serait pas complètement dingue ni pathétique de l'appeler pour lui proposer de faire une demi-journée de break dans notre rupture, et m'éviter d'avoir à me morfondre dans une chambre d'hôtel en pensant à lui.

C'est le soir de Noël et j'en suis là, après l'échec cuisant de mon semestre à New York : seule dans un aéroport sans le moindre espoir de rentrer chez moi avant demain, avec pour seul divertissement un thriller à sensation sur un type qui m'intéresse de moins en moins, qui s'appelle Donny et qui va *prendre cher*. Je plonge la main dans le sac pour en sortir le voucher de l'hôtel et vérifier l'adresse. Mais en poussant le livre, je m'aperçois qu'il ne s'agit pas de *Représailles*, mais de…

Oubliez votre ex en dix étapes !

Ce maudit bouquin de développement personnel ! Le hipster beau gosse a dû se tromper. Mon sang ne fait qu'un tour en découvrant ce titre juste après avoir imaginé appeler Colin à la rescousse. J'attrape le livre dans le sac et je le pousse le plus loin possible sur le banc.

C'est alors que je m'aperçois que je ne suis pas seule. Quelqu'un dont le visage ne m'est pas inconnu est assis à côté de moi. Un garçon de mon âge, assez grand, aux cheveux sombres coupés court, en parka huilée beigeasse au-dessus d'une chemise à motifs écossais jaune et crème. On n'est pas encore tout à fait dans le faux pas vestimentaire, mais ce n'est franchement pas super-assorti. Il a le dos voûté, un bouquet de roses rouges sur les genoux et à ses pieds, un sac à dos rouge. Il est si absorbé qu'il ne sent pas mon cadeau de Noël accidentel, offert par le mec avec qui sa copine vient littéralement de partir, rebondir sur ses chaussures de randonnée râpées.

Je m'excuse quand même et me penche pour le ramasser. Je devrais le balancer dans la première poubelle venue, mais sans pouvoir me l'expliquer, je le tiens contre ma poitrine.

Le garçon a une réaction à retardement, comme si ma voix n'avait pas voyagé à la vitesse du son. Il se tourne vers moi, les yeux vides, et je prends brutalement conscience de ce que ma mère cherchait à me dire. Le gars à côté de moi va plus mal que moi. Bon, alors c'est possible qu'il soit particulièrement mal à cet instant précis parce qu'il vient tout juste de se faire larguer. Mais tout de même, je l'aurais senti, si un bouquin m'était tombé sur le pied.

Enfin, je crois.

Il détourne le regard et se remet à fixer l'espace. On peut dire que j'assure avec mon prochain qui va plus mal que moi.

– Je m'appelle Charlotte, je lui dis en prenant sa main pour la lui serrer. Tu l'as échappé belle.

Le pauvre malheureux contemple nos mains comme si c'était la première fois qu'on lui serrait la main. Puis il relève les yeux vers moi, confus. « Bien joué, Charlotte ! » Pendant qu'il se faisait larguer tout à l'heure, ce serait étonnant qu'il ait remarqué, parmi les badauds, l'Anglaise qui se tenait à côté du mec qui est sorti avec son ex, dans tous les sens du terme.

Je lui explique.

– Je… j'ai assisté à la scène tout à l'heure… avec ta copine.

Il regarde le bouquet.

– Oui… J'aurais dû me douter que notre petit spectacle avait attiré du monde.

Il parle, déjà. Et je suis à deux doigts de rire nerveusement en m'apercevant que je n'ai pas réfléchi à la suite de la conversation. C'est lui qui va le plus mal de nous deux, mais je ne vais pas transfuser son cœur maintenant. D'autant que mon propre cœur est à sec, tellement Colin l'a fait saigner.

– C'est quoi, ton nom ?

– Anthony.

C'est aux roses qu'il le dit.

– Salut, Anthony. Crois-moi, tu l'as échappé belle. Elle t'aurait fait morfler.

– Tu la connais pas.

– J'en sais assez pour savoir que t'as pas de temps à perdre avec une fille qui est capable de te plaquer le soir de Noël pour le premier canon venu.

Anthony se tourne pour me faire face. Ses yeux écarquillés en disent long ; il est très sérieux.

– Tu peux pas comprendre. Maya n'est pas une bimbo superficielle qui se tirerait avec le premier beau gosse qui lui fait tourner la tête.

Il a l'air convaincu. Mais vu d'ici, la deuxième moitié de sa phrase était totalement à côté de la plaque.

– C'est juste que… que… elle a pas dû supporter la distance. Elle est pas rentrée de tout le semestre, tu vois ? Elle vient de commencer la fac. Tout ça, c'est nouveau pour elle. C'est normal qu'elle ait la tête à l'envers.

Il a encore l'air convaincu. Sauf que moi, j'ai passé du temps avec le type avec qui elle est partie, et il a tout de l'authentique frimster de Williamsburg. Ce qui veut dire qu'il est de Williamsburg (ou d'un autre coin de Brooklyn), et donc, qu'elle a passé le semestre aussi loin de lui que d'Anthony.

Mais je ne dis rien. Je n'ai pas besoin de parler vu qu'Anthony s'enfouit la tête dans les mains avant de se pencher en arrière. Il serre les poings et les laisse retomber sur les roses de la discorde.

– Non, t'as raison, finit-il par articuler.

Pendant un instant, j'ai l'impression qu'il va fondre en larmes, mais il prend une grande inspiration et secoue la tête.

– Ce qu'elle a fait, c'est minable. Et le plus dingue, c'est que si je m'étais pas pointé pour lui faire la surprise, j'aurais même pas été au courant.

J'ai une furieuse envie de me pencher vers lui et de lui serrer l'avant-bras. Mais je me retiens. Je lui conseille seulement :

– Tu devrais rentrer chez toi *binger* des films nuls en famille pour te changer les idées. Il faut faire tout ce qui te permet de fêter Noël le plus normalement possible, comme tu l'avais prévu.

– Je ne peux pas rentrer, dit-il au bouquet. Je suis censé passer Noël dans la famille de Maya. Je me suis convaincu que si je lui faisais la surprise, elle… Puis, du coq à l'âne : Si je débarque à la maison maintenant… Il secoue la tête. Laisse tomber, j'ai pas envie de rentrer ce soir. Il remarque mes sourcils froncés. Quoi ?

Je comprends que ce qui se lit sur mon visage, c'est « pauvre chéri ! ». Je réponds :

– Non, rien. Mais je peux comprendre ce que tu ressens. Je sors d'une rupture, moi aussi. Ça fait une quinzaine. De jours…, je complète.

– J'avais compris, merci, me coupe-t-il.

– Désolée. Bref, je me sais pas ce qui pose problème avec ta famille, mais c'est pas important. C'est Noël, et tu peux très bien passer la soirée avec eux. Y a pire. Tu pourrais te préparer à réveillonner au Ramada.

Il me jette un regard plein de compassion, puis s'arrête sur mes genoux. Pendant un instant, je me dis qu'il me mate et je m'apprête à lui envoyer un grognement de dégoût – c'est pas parce que je me suis fait larguer que c'est autorisé – lorsque je me rends compte que ce qui a attiré son attention, c'est le livre que j'ai encore dans la main.

– À ta place, je le balancerais dans la poubelle en sortant.

– Il était dans le rayon des meilleures ventes, je lui signale. C'est que ça doit réussir à certaines personnes.

– Dix étapes ? Une, je veux bien. Mais dix, pour moi, ça pue l'arnaque.

Je baisse les yeux et je retourne le livre. En bas à droite de la quatrième de couverture, il y a une petite photo de l'autrice, Susannah Lynch. C'est une femme d'une quarantaine d'années à mi-chemin entre le style hippie et le style bien comme il faut. Elle a un visage agréable et ouvert, et a l'air déterminée à aider quiconque achètera ce livre.

– Oui, réponds-je. Dix étapes, j'imagine que ça doit prendre un certain temps…

Je lève les yeux vers Anthony. On s'est tous les deux fait larguer. Il n'a pas envie de rentrer chez lui, et moi, je ne peux pas rentrer chez moi alors que j'en rêve. Mais par-dessus tout, je ne suis vraiment pas motivée par une soirée au Ramada, où je vais finir en larmes, roulée en boule, à *checker* l'Instagram de Colin parce que j'ai un besoin inexplicable de savoir comment il va. À quoi il s'occupe sans moi. Ses selfies prétentieux devant des arrêts de bus et de métro, pour illustrer son thème, son « chemin ». Avant, je trouvais ça *cringe*, mais d'un coup, j'ai très envie de savoir où il va.

Ça me dérange un peu.

Sans prendre le temps de peser le pour et le contre, je demande à Anthony s'il connaît bien New York.

Il me regarde comme si je venais de lui demander s'il aime prendre des douches de crème anglaise.

– J'ai passé ma vie ici. À quoi tu penses ?

– Mon avion décolle dans environ dix-sept heures et je refuse de passer tout ce temps dans une chambre d'hôtel minuscule à fixer les murs – si ça se trouve, ils sont beiges ! J'ai besoin de me changer les idées, et réveillonner à Manhattan, ça fera très bien l'affaire. Tu crois pas ? Je te l'ai pas dit, mais j'ai traversé l'Atlantique pour vivre des histoires, et jusqu'à présent, c'est pas encore tout à fait ça. Combien de personnes peuvent raconter qu'ils ont passé le soir de Noël bloqués à cinq mille kilomètres de chez eux, à ton avis ?

– Il n'y en a sans doute pas, me répond-il sans ciller. Vu qu'ils se sont tous fait agresser et tuer.

– Parce qu'ils étaient seuls, je parie.

Je ne sais pas si c'est British Charlotte ou New Charlotte qui parle, mais une chose est sûre : cette fois, elle a un plan.

Anthony secoue la tête.

– Non, non, non…

– Tu m'as bien dit que tu n'avais pas envie de rentrer chez toi, je lui rappelle.

Il ouvre la bouche pour parler, mais rien ne sort. Il n'a pas de réponse. Finalement, il lance :

– J'ai une question. Tu penses vraiment que tu vas tout régler par une balade dans Manhattan ?

« Bien sûr que non », j'ai envie de répondre. Je doute fort que Manhattan *by night* puisse colmater les fissures que j'ai au cœur. Ça ne fera même pas illusion, à mon avis. Mais je souffre et j'ai envie que ça s'arrête. Je me sens plus seule que j'aurais pu l'imaginer et je n'ai pas envie qu'Anthony s'en aille. Sûrement parce que je ne connais que lui dans tout New York à l'heure qu'il est (même si je le connais à peine, en vrai). Et si je peux au moins tirer une histoire de ce voyage, une expérience unique, qui ne pourrait pas être vécue ailleurs qu'à New York, alors peut-être… peut-être que lorsque je serai vieille, je ne me flagellerai pas en me reprochant d'avoir gâché trois mois de ma vie pour un garçon et une ville qui ne ressentaient rien pour moi.

Surtout que les vieilles dames doivent se faire très mal quand elles se flagellent, vu qu'elles sont percluses d'arthrose, tout ça.

– Allez, viens, lui dis-je. Viens avec moi, on va rigoler. Tu as l'air d'en avoir besoin, et moi, je sais que j'en ai besoin.

Mais il secoue la tête.

– Si tu penses que c'est aussi simple que ça de guérir d'un chagrin d'amour, ma grande, alors…

Il s'interrompt et secoue à nouveau la tête. Esquisse un sourire suffisant.

J'ai subitement envie de le fouetter avec son bouquet rejeté. Je crois que c'est parce qu'il m'a appelée « ma grande ».

– Alors, quoi ?

– Rien.

– Non, dis-le-moi. Alors, quoi ?

Il hausse les épaules et secoue à (encore !) la tête. Il attrape son bouquet, son sac à dos et se lève.

– Alors, c'est sûrement que tu comprends rien à l'amour.

Il part et je reste plantée là, seule sur le banc.

*

Dix minutes plus tard, je suis à l'arrière de la file d'attente pour les taxis devant l'aéroport. Elle est très longue, c'est le contrecoup de tous les vols annulés. Il me neige dessus. Je me trouve un peu idiote de renoncer à la chambre d'hôtel chauffée qu'on m'a fournie gratuitement pour m'aventurer dehors en pleine nuit au beau milieu de l'hiver.

Mais je veux absolument que British Charlotte rentre chez elle avec une histoire géniale à raconter. Un souvenir génial.

Contre ma jambe, je sens vibrer mon mobile, bien enfoncé dans la poche de mon jean. Des messages WhatsApp d'amis anglais qui viennent d'apprendre que j'étais bloquée ici. Les deux premiers sont de mes meilleures amies, Heather et Amelia. Elles m'envient de pouvoir passer le 24 décembre à New York. Ça me fait sourire. Mais l'immense emoji qui pleure envoyé par Jessica, l'aînée de mes deux sœurs, m'arrache un vrai visage triste. J'arrête de consulter mes messages. J'aurai tout le temps d'y revenir plus tard.

Le ciel est d'un gris sinistre et la neige tombe sur les passagers restés sur le carreau, dans la longue file d'attente. Devant moi, des gens énervés se bousculent. Une femme en grand manteau et à l'air exaspéré essaye de calmer le jeu. Elle leur explique que tout est mis en œuvre pour faire monter un maximum de passagers dans chaque taxi. Armée d'un bloc-notes, elle s'enquiert des destinations de chacun et les oriente vers telle ou telle voiture. Quand mon tour vient, je me rends compte que je n'ai pas encore réfléchi à l'endroit où je vais. Je me souviens d'un quartier où les Lawrence m'avaient emmenée et où j'avais goûté un café si délicieux que j'en avais oublié que le bon vieux thé anglais me manquait.

– Greenwich Village.

Elle jette un coup d'œil sur son bloc-notes et m'indique un taxi. Puis elle passe à la personne suivante et je me dirige vers la voiture. J'ouvre la portière et, en découvrant qui est déjà installé sur la banquette arrière, je pousse un grognement.

– C'est une blague !

Chapitre 2

Anthony

15 h 40

– T'es vraiment un bouffon.

– Moi, un bouffon ? Ben toi, t'es une connasse.

Le couple assis sur la banquette devant moi n'a pas arrêté de s'échanger des scuds de l'aéroport jusqu'au Midtown Tunnel. Mais on a l'impression que leur « bouffon » et leur « connasse » leur ont principalement servi à se chauffer. Et maintenant, je suis obligé de les écouter se lécher goulûment le museau.

Charlotte, l'Anglaise fumasse, et moi, sommes sur la banquette arrière, les yeux rivés sur le plafond. Je me demande si ça lui comprime autant les cervicales qu'à moi. On est assis aussi loin que possible l'un de l'autre, séparés par mes roses de la discorde. Je me demande pourquoi je ne les ai pas encore balancées par la fenêtre.

J'assume totalement de lui avoir mis le nez dans sa naïveté, tout à l'heure, mais c'est vrai qu'elle a été gentille avec moi, et je m'en veux un peu de l'avoir fait de manière aussi cassante et d'avoir tourné les talons comme ça. Après tout, ce n'est pas à elle que j'en voulais, mais à Maya.

Maya…

Je dois vraiment être mou du bulbe pour ne pas l'avoir vu venir. Bien sûr, c'est normal qu'une certaine distance s'instaure dans un couple quand l'un des deux fait ses études à l'autre bout du pays. Sauf que Maya ne m'a pas largué pour un Californien lambda, mais pour un type qui avait l'air d'un mégabouffon. Un type de Brooklyn, mais d'un Brooklyn plus snob que le mien. Elle trompait son mec à distance avec un amant à distance.

Elle devait déjà le connaître avant son départ. Auquel cas, ça veut dire qu'elle me trompe depuis un moment. Et si elle me trompe depuis un moment, ça veut dire que je n'ai rien à faire avec elle. Je sais que c'est vrai, tout ça…

Alors d'où me vient cette impression d'avoir des éclats de verre coincés dans la gorge ? Le taxi nous emmène en ville. À l'approche d'un hôtel miteux de la Trente-Neuvième Rue, le couple chaud bouillant demande brusquement au chauffeur de s'arrêter. J'imagine qu'ils doivent tous les deux vivre en colocation, ou alors chez leurs parents. Ils nous jettent à Charlotte et à moi des regards contrits avant de se diriger vers l'hôtel en rigolant, accrochés l'un à l'autre.

Mais l'un d'entre eux a dû dire un mot de travers pendant les cinq mètres qui les séparaient de l'entrée de l'hôtel, car les voilà qui recommencent à se chamailler. L'un d'eux crie « ton ex » au moment où le taxi s'éloigne. Ma poitrine se serre. J'en suis là.

Je suis l'ex de Maya.

Le taxi poursuit sa route sur la Trente-Neuvième, vers Hell's Kitchen, à l'ouest, où j'ai demandé au taxi de me déposer. Je n'avais pas du tout prévu d'aller à Manhattan, mais juste avant de monter dans la voiture, j'ai fait l'erreur d'aller sur Snapchat, où Maya avait posté depuis un café à Bushwick pour annoncer qu'elle et son nouveau mec, Ash, avaient « enfin » décidé d'être exclusifs. Vu l'angle de la prise de vue et l'image qui tremble, j'en ai déduit que la vidéo avait été filmée avec une perche à selfie. Une putain de perche à selfie.

Pendant quelques secondes fugaces, je me suis senti un tout petit peu moins mal.

J'ai décidé que si Maya passait la soirée à Brooklyn, j'irais me terrer dans un autre quartier, au *Ice Bar*, sur la Quarantième, à Manhattan. C'est un trou à rats, mais on ne m'a jamais refusé ma fausse carte d'identité, là-bas, et Maya ne risque pas de débarquer à l'improviste. Elle ne mettrait jamais les pieds au *Ice Bar*. Déjà, avec les lumières tamisées et la déco vert olive, c'est pratiquement impossible de faire un selfie correct.

Charlotte, elle, va dans le Village. Sans doute en quête d'une histoire à écrire.

Je masse ma nuque endolorie et raide.

– Mais quelle torture, ces deux-là !

Je ne sais pas pourquoi je me donne la peine de lui parler. Le regard qu'elle me lance montre qu'elle n'en a pas vraiment envie.

– Mais c'est vrai que les Anglais sont tellement bien élevés que même s'ils nous avaient fait la totale en mode Cinemax, t'aurais sûrement rien dit.

Je suis sur le point de lui faire l'explication de texte sur Cinemax, mais elle se détourne. C'est à moi d'entretenir la conversation, j'imagine.

– Alors… pourquoi le Village ?

– Qu'est-ce que ça peut te faire ?

– Eh bien, je veux dire… Qu'est-ce que je veux dire, au fait ? Qu'est-ce qui m'a pris de lui demander ça ? Pourquoi je veux savoir où elle va ? Je sais que tu étais censée être dans un avion, à l'heure qu'il est, donc le Village n'était sûrement pas ton premier choix de destination. Et je sais que tu cherches à vivre une histoire. Qu'est-ce que tu espères trouver là-bas ?

– Ça ne te regarde pas.

– Écoute, je suis désolé, d'accord ? Elle se tourne enfin vers moi. Je n'aurais pas dû te parler comme ça à l'aéroport. Je désigne les roses de l'enfer, comme si elles servaient de *replay* à ma rupture humiliante. J'avais la tête en vrac.

– On dirait que c'est encore le cas.

– Possible. J'imagine que je te soûle, mais c'est parce que je m'inquiète. J'aime pas l'idée qu'une jeune femme soit seule dans la grande ville la nuit.

Elle me dévisage et son regard s'adoucit un instant. Puis ses yeux se rétrécissent et elle se détourne.

– Je peux me débrouiller toute seule, merci.

– J'en doute pas. Mais il fait froid et c'est la nuit. Et tu n'es pas d'ici. New York, c'est un genre de… je sais pas, un genre de monstre. Tu peux te faire dévorer vivante. Tu vois ce que je veux dire ? Surtout avec ton petit accent à la *Downton Abbey*.

Elle émet un grognement d'exaspération, comme si c'était une insulte très grave.

– Je parle pas du tout comme…

Nous sursautons tous les deux en entendant le gros coup de klaxon d'une voiture, la nôtre. Notre chauffeur marmonne un gros mot dans sa barbe et change de file en secouant la tête à l'intention du chauffeur de taxi médiocre qui se trouve juste devant nous.

Avant qu'elle puisse finir de protester, je lève les mains dans un geste d'excuse.

– Je voulais seulement dire que pour n'importe qui, ce n'est jamais une bonne idée d'errer dans Manhattan la nuit, à attendre qu'il se passe quelque chose. Parce que s'il se passe quelque chose, ce sera très probablement quelque chose de pourri. Crois-moi, il y a des flics dans ma famille. Réfléchis au moins à un itinéraire, tu auras moins de risques d'avoir des ennuis.

Charlotte soupire et se passe derrière l'oreille une boucle de ses cheveux châtains ondulés en réfléchissant. L'éclairage de la rue clignote sur son visage à mesure qu'on avance. Je remarque qu'elle doit avoir ce teint pâle toute l'année, pas uniquement en hiver. Elle sort son livre de développement personnel et le fait tourner entre ses doigts.

– Oui, elle dit. Tu as sans doute raison. J'avoue, j'ai pas beaucoup réfléchi à ce que j'allais faire. Je voulais seulement me changer les idées, après… Elle s'interrompt. Je devine qu'elle essaye de ne pas penser au gars qui l'a larguée. C'est la première fois de ma vie que je ne passe pas Noël chez moi. Je me dis que si je dois rester seule, à l'autre bout du monde, autant en faire une histoire.

Elle n'arrête pas de dire ça. Je commence à me demander si c'est vraiment ce qu'elle veut ou si elle cherche seulement à s'en convaincre.

Je montre le livre du doigt.

– C'est quoi, la première étape ?

Elle me lance un regard oblique, l'air de dire : « C'est quoi, le rapport ? » J'explique.

– Il y a dix étapes dans ce bouquin, non ? Alors il doit y avoir des instructions, des suggestions qui te donneront un point de départ. Peut-être…

Charlotte ouvre le livre sur le premier chapitre. Elle le remonte tout près de son visage, parce qu'il fait nuit dans le taxi, qui commence enfin à accélérer. Elle lit tout haut.

– « Faites quelque chose que vous avez arrêté de faire parce que ça ne plaisait pas à votre ex. »

Elle feuillette rapidement le chapitre en lisant des extraits en diagonale, puis referme le livre et secoue la tête.

– On n'a été ensemble qu'un trimestre… qu'un semestre. Je vais avoir besoin de cogiter.

Je sens un sourire s'esquisser sur mon visage : je peux l'aider. Parce que moi, il ne me faut pas longtemps pour me rappeler que j'ai renoncé à quelque chose qui était non négociable pour Maya.

Avant de me demander si c'est une bonne ou une mauvaise idée, j'enchaîne direct.

– Tu as faim ?

1. Faites quelque chose que vous avez arrêté de faire parce que ça ne plaisait pas à votre ex.

On a tous tendance à ajuster ou à modifier certains aspects de sa personnalité, au début d'une relation. C'est naturel. Mais très vite, on peut se rendre compte qu'on a complètement laissé tomber un loisir ou arrêté de manger un plat qu'on adore. Tant qu'on est in love, *on peut l'accepter, parce qu'on le fait pour l'autre, pour lui faire plaisir.*

Mais puisque l'autre est devenu l'ex…

*

16 h 05

Je redirige le taxi vers Bleecker Street et je nous fais déposer devant chez *John's* qui, comme je l'indique à Charlotte, sert la meilleure pizza de tout Manhattan. Je m'apprête à entrer quand je m'aperçois que j'aurais peut-être dû poser la question avant de dire au taxi de s'arrêter ici.

– Tu aimes les pizzas, hein ?

Elle hoche la tête et me regarde en se demandant si c'est une question sérieuse.

– Bien sûr que j'aime les pizzas. Qui n'aime pas les pizzas ?

On continue d'avancer, et là, c'est elle qui s'arrête.

– Tes roses.

Je me retourne d'un coup. Les phares du taxi sont loin sur Bleecker Street. Je hausse les épaules.

– Sa prochaine course aura peut-être besoin d'un cadeau de Noël express.

Dix minutes plus tard, on a entamé la pizza qu'on partage et je regrette déjà d'avoir joué la carte de la prudence en commandant une moyenne.

– Pas mal, articule-t-elle en mâchant sans se rendre compte qu'elle a un fil de mozzarella qui lui pend de la lèvre inférieure.

J'agite la main en direction de son menton et elle s'essuie la bouche avec une serviette. Elle me souffle un merci et sourit.

Je doute que ça aurait fait sourire Maya. D'ailleurs, tout bien considéré, elle se serait énervée et aurait trouvé un moyen de me le mettre sur le dos. Mais vu qu'elle ne voulait jamais manger de pizza, c'est un scénario qui ne se serait jamais produit, alors je ne devrais même pas y penser.

Charlotte prend une autre bouchée, en faisant beaucoup plus attention, cette fois. Elle fouille du regard les murs en lambris que des centaines, voire des milliers de New-Yorkais ont recouverts de graffitis, les uns sur les autres. On peut lire des noms, des hymnes à des quartiers. Il y a même un numéro de téléphone.

Sans arrêter de mâcher, elle dit :

– Je me demande qui était le premier client à se dire : « Ben tiens, je vais écrire un truc au mur. » Et ce qu'il ou elle a écrit.

Je secoue la tête, les yeux rivés sur les graffitis. D'autres noms, d'autres lettres gravées dans le bois, telles des cicatrices béantes, entourent une photo encadrée : un jeune couple en noir et blanc qui marche main dans la main dans une rue de *downtown.* Juste au-dessus, un tocard a gravé le mot « LOVE ».

Je me retourne pour faire face à Charlotte.

– On ne le saura sans doute jamais. Les gens gravent des trucs dans le bois depuis que Roosevelt était président. Peut-être même depuis plus longtemps que ça.

– C'est le genre de chose qui ne changera jamais.

– Quoi donc ?

Elle lève son index dans ma direction pour me dire de patienter, parce qu'elle vient d'enfourner plus de pizza que ce qu'elle est capable de mâcher. Dix secondes plus tard, elle est toujours loin d'en venir à bout. Elle lève les yeux au ciel et secoue la tête. J'ai l'impression qu'elle sourirait, si elle en était capable avec la bouche pleine de pizza.

– Ce qui ne changera jamais, arrive-t-elle enfin à articuler, c'est que les gens s'envoient des messages. Elle fait des gestes en désignant le pan de mur. Ce que tous ces… graffitis ont en commun, c'est que chacun d'entre eux a été fait par quelqu'un qui voulait que quelqu'un d'autre le remarque. Peu importe que ce soit quelqu'un de spécifique…

Elle étire son bras pour toucher de l'ongle une des esquisses, le nom « Robyn » gravé dans le bois, puis laisse tomber sa main jusqu'à un numéro écrit juste au-dessus de la table…

– Ou potentiellement tout un quartier. Tous ceux qui ont écrit sur ce mur voulaient seulement que quelqu'un les entende.

Je décide de ne pas répondre, parce que je n'ai qu'une seule question sur les lèvres : est-ce que c'est ce qu'elle ressent ? Le type qui l'a larguée et lui a brisé le cœur, c'était ça, son problème ? Qu'il ne l'entendait pas ? Qu'il ne l'écoutait pas ?

Charlotte repose ce qui reste de la part de pizza et s'essuie les mains sur une serviette.

– Alors comme ça, ta copine t'a obligé à arrêter la pizza ? C'est rude !

– Pas que la pizza, réponds-je.

Je reprends une part en priant pour qu'elle n'en veuille pas plus. Commander une moyenne, c'était une grosse erreur.

– La viande, les laitages et les œufs.

– Tu rigoles ?

– Elle est végane. Depuis la fac, en tout cas. Elle tenait à ce que je la soutienne.

– Baloches de têtard !

Je ne sais pas ce que ça veut dire, mais ça me fait rire et grimacer en même temps. Les Anglais ont des expressions trop marrantes, c'est un mix baroque entre le dessin animé et le film violent.

– Comment elle pouvait contrôler ton alimentation depuis la Californie ?

Elle prend une autre part et donne un bon coup de dents dedans.

– Au téléphone, elle disait qu'elle entendait la viande dans ma voix.

Elle s'étouffe sur la pizza. Mais alors que je m'apprête à me lever pour demander si quelqu'un dans le restau sait faire la manœuvre de Heimlich, Charlotte me fait un signe de la main pour que je m'assoie.

– Je vais bien, dit-elle en essuyant les larmes de rire de ses yeux. Je vais bien, mais…

– Baloches de têtard ? je tente.

Elle se remet à rire et je lève les mains pour m'excuser de lui avoir fait à nouveau risquer l'étouffement. Et puis je réfléchis.

– Attends. Je t'ai parlé de la Californie ?

Elle s'arrête net de mâcher, son expression se fige. Sa voix est assourdie par la pizza qui lui remplit la bouche.

– Sûrement. Soit ça, soit je suis tombée pile-poil sans le faire exprès.

Je hoche la tête et je finis ma deuxième part. Je décide que c'est le moment pour elle de commencer à écrire son histoire. Soit ça, soit j'ai juste envie de changer de sujet.

– C'est bon, la British. Tu as eu le temps de trouver quelque chose pour ta première étape ?

Elle médite et hausse les épaules.

– La seule chose qui me vienne à l'esprit, c'est le vélo. Chez moi, j'allais partout à vélo, mais en arrivant ici, j'ai eu des appréhensions. Déjà, vous roulez du mauvais côté de la rue, tout ça. Et puis ma coordination a toujours été un peu moyenne. Du coup, au début, j'étais un peu stressée. Mais je voulais quand même essayer, parce que j'adore ça et que je ne suis pas fan du métro. Mais Colin me disait : « Ah non ! c'est trop dangereux. À New York, les voitures se foutent de… »

Elle fait une grimace et secoue la tête.

– Bon, bref. Voilà ! le vélo. C'est à ça que j'ai renoncé. Si j'accepte la place à Columbia, j'aimerais me sentir à l'aise à vélo dans Manhattan.

Il reste encore trois parts de pizza sur l'assiette entre nous, mais d'un coup, je n'ai plus du tout faim. Je me baisse pour attraper mon sac à dos sous la table. Il est lourd, vu que je l'avais rempli de vêtements pour passer les fêtes avec ma copine et sa famille.

– Viens avec moi.

*

16 h 35

J'entraîne Charlotte dans Bleecker Street, que je n'ai jamais vue aussi déserte. Les branches d'arbres dénudées sont recouvertes de neige. Ça tombe de plus en plus fort et les auvents des boutiques ne protègent plus personne. Les personnes non larguées se préparent sans doute à aller retrouver leur petite amie ou leur petit ami, leur femme ou leur mari. Ou alors, à présenter le ou la nouvelle élue de leur cœur à leurs parents, en espérant avoir leur blanc-seing, la fameuse officialisation. C'est ce que j'avais prévu de faire, moi aussi, ce soir. Je n'étais pas censé être dans Bleecker Street, à l'heure qu'il est. Je ferais mieux de sortir du froid et de rentrer à la maison. Mais je n'ai pas le courage d'affronter ma famille. Je sais que mon père ferait de son mieux pour profiter de cet incident pour étayer ce qu'il me répète toujours : « T'es pas futé comme Luke, Anthony. »

Il ne dit jamais ça pour me rabaisser ou quoi que ce soit. C'est juste que mon père m'a toujours trouvé trop cérébral, trop gentil pour survivre face à l'adversité. Mais le pire dans tout ça, c'est que ce soir, il aurait raison. Il fallait être un demeuré pour ne pas voir que Maya n'était pas quelqu'un de bien. Donc non, je ne vais pas rentrer tout de suite. Et si cette Anglaise en carafe a envie de flâner dans l'espoir d'écrire un grand article pour se remettre d'une rupture, moi, ça me va.

Ça m'aidera peut-être à me remettre de la mienne.

– On va où ? demande-t-elle.

– Tu verras.

Je m'arrête à l'angle de Bleecker et de Mercer, et je lui montre la station Citi Bike, qui contient une bonne vingtaine de vélos bleus. Clairement, c'est la veille de Noël.

– Tu me fais marcher ?

Charlotte lève les sourcils. Je me fais la réflexion qu'elle en a. Maya épile les siens tellement fins qu'ils sont à la limite de l'invisibilité.

– Pourquoi on n'en ferait pas ? Tu as dit que tu y avais renoncé, non ?

– Se faire exploser le ventre avec de la barbaque ou risquer la mort à vélo, c'est pas la même chose.

– C'est qui, Boris ?

– T'occupe. Mais bon, quand même… Elle se retourne et fait un signe de la main en direction de la rue, qui ressemble à un immense serpent métallique. Les voitures sont pare-chocs contre pare-chocs. Ça a l'air un peu risqué.

– On n'a qu'à marcher avec les vélos jusqu'à la piste cyclable de l'Hudson. Là-bas, il n'y a que les autres cyclistes à éviter. Alors, tu en dis quoi ?

Son regard oscille entre la rangée de vélos et moi, puis elle regarde le trottoir. Elle fronce les sourcils. Je lui balance notre point plus ou moins commun.

– Tu veux faire passer le temps, non ?

Elle hoche la tête sans froncer les sourcils. Elle y pense. Je désigne les vélos du pouce.

– Allez, viens, on y va. On va pédaler, ça va nous occuper.

Elle lève les yeux, grogne et penche la tête en arrière. Mais elle sourit et les flocons de neige se prennent au piège dans ses fossettes.

– C'était moche, ça. Elle rit. Mais d'accord, pourquoi pas ?

Je loue les vélos et nous traversons les rues pavées jusqu'au West Side Highway, chose que nous ne pourrions jamais faire un jour ordinaire, parce que nous risquerions de percuter des piétons. Mais le soir de Noël, nous avons l'impression d'avoir tout *downtown* pour nous tout seuls. Lorsque nous arrivons à la piste cyclable, je m'arrête, j'enfourche le vélo et je regarde Charlotte.

– Prête ?

Elle attache son tote-bag au guidon et passe la jambe par-dessus la selle. Elle a l'air… pas stressée, mais un peu mal à l'aise. Ça se voit qu'elle n'a pas fait ça depuis un moment.

– À peu près, dit-elle. Mais tu ferais bien de passer devant, au moins au début.

Je me lance pour lui ouvrir la voie. Je ne peux pas m'empêcher de jeter un coup d'œil par-dessus mon épaule tous les six ou sept coups de pédale, pour vérifier qu'elle est encore derrière moi, qu'elle ne s'est pas perdue.

– Tu commences à t'y faire ? je demande six rues plus loin.

– Oui, elle répond. C'est un peu comme faire du vélo.

Je ralentis pour la laisser me rattraper.

– Un partout pour les blagues nulles. Elle me fait un clin d'œil. On va où ?

– Je ne sais pas trop, j'avoue. Je pédalais sans vraiment penser à une destination.

– T'as pas dit qu'errer sans but était le plus sûr moyen de s'attirer des ennuis ?

– Oui, pour toi, je réponds. Parce que tu ne connais pas la ville. Mais moi, je peux errer tant que je veux.

– Attention à gauche !

Son cri arrive au même moment que le vélo qui vient de nulle part et la dépasse à toute vitesse par la gauche. Prise de court, Charlotte fait une embardée vers la droite en essayant de garder le contrôle, mais je vois bien qu'elle est sur le point de tomber. Je tends ma main gauche vers elle et j'attrape sa manche pour l'aider à se maintenir debout au moment où nos vélos s'écroulent sous nous.

La scène a duré moins de deux secondes et je prends d'un coup conscience que je la serre très fort, qu'on est très près l'un de l'autre et qu'on respire tous les deux très fort. Elle lève les yeux vers moi, le visage figé, sous le choc. Mon absence totale de repartie crée une gêne plus grande qu'il ne le faudrait. Je fais un grand pas vers l'arrière… et je trébuche sur mon vélo qui est par terre. Je tombe sur les fesses. Je jure avant d'éclater de rire.

Charlotte rit, elle aussi, et me tend le bras pour m'aider à me relever.

– Tu disais ?

– Laisse tomber.

Je me relève et je me secoue. Je regarde la piste, mais le boulet de canon à l'origine de toute cette pagaille est déjà loin.

– Cette ville est dangereuse pour tout le monde. J'espère que ça ne t'a pas trop refroidie.

Elle secoue la tête.

– Certainement pas. Je commence à retrouver mes sensations. Mais ce serait peut-être une bonne idée de choisir une destination ?

Je regarde le tote-bag de Charlotte sous les décombres des Citi Bike.

– C'est quoi, la deuxième étape ?

Charlotte suit mon regard, puis secoue la tête.

– Faut pas te sentir obligé de…

– Allez. Tu veux tuer le temps, et moi, je veux… Pas forcément tuer le temps, mais je ne suis attendu nulle part. Alors pourquoi pas ?

Elle me dévisage longuement. Et même si son visage semble dire « T'es un peu bizarre », j'ai l'impression qu'elle comprend ce que je ressens. Elle s'est fait larguer, elle aussi ; elle sait ce que c'est.

Elle se met accroupie et dégage le sac de sous les vélos. Elle sort le livre et cherche la bonne page. Elle sourit et plisse les yeux. Puis elle me jette un regard de : « Ça ne va pas te plaire. »

– *Macy's*, c'est où ?

– Dans la Trente-Quatrième Rue, réponds-je.

Charlotte remet le livre dans le sac et enfourche son vélo.

C'est là qu'on va.

– Pour quoi faire ?

Elle accroche à nouveau le sac sur le guidon et passe la jambe par-dessus la selle.

– Relooking, bien sûr. Le premier arrivé !

Je la regarde s'éloigner dans un ballet de flocons de neige, en donnant des coups de pédale énergiques. Une Anglaise laissée sur le carreau un soir de Noël, qui fonce chez *Macy's* à vélo pour se faire un relooking sous prétexte qu'elle a lu ça dans un livre qui prétend l'aider à se remettre de sa rupture. Cette soirée pourrait-elle être plus délirante ?

Je me baisse pour ramasser mon vélo. Pour une raison qui m'échappe, j'ai bien envie de le découvrir.

Chapitre 3

Charlotte

2. Explorez d'autres versions de vous-même...

Étant donné que vous avez ajusté ou modifié certains aspects de votre personnalité pour répondre aux exigences d'une relation au fil des mois ou des années, il est très facile de perdre de vue celui ou celle vous étiez avant de connaître votre ex. Mais plutôt que de revenir à l'ancien vous, pourquoi ne pas explorer de nouvelles pistes qui correspondraient mieux à celui ou celle que vous êtes aujourd'hui ?

17 h 05

Je sais que ça fait très touriste et j'ai honte, mais c'est plus fort que moi. Je trouve les vitrines Charlie Brown de *Macy's* magiques et je pousse un cri de surprise.

– C'est moins bien que l'an dernier, marmonne Anthony.

– Allez viens ! Je montre du doigt la vitrine devant laquelle on passe. Charlie Brown se plaint que les décorations de Noël de Snoopy font trop commerciales. C'est complètement azimuté et ça fait très Noël. Tu trouves pas ça génial ?

– L'an dernier, c'était mieux.

Je me demande si ce n'est pas en réalité à Maya qu'il pense. Étaient-ils ensemble l'an dernier pour les fêtes ? Anthony fait une drôle de tête, pincée, fermée, comme s'il luttait contre un mal de tête, depuis qu'on a attaché nos vélos à l'angle de Broadway et de la Trente-Deuxième Rue. Ce n'est que maintenant que je me rends compte qu'il a peut-être son ex à l'esprit.

Je sens qu'il faut à nouveau trouver une distraction, alors je tire sur sa manche de manteau pour lui montrer deux garçons et une fillette.

– Ils ont l'air d'apprécier, eux.

D'après leurs doudounes et leurs bonnets quasi identiques, j'en déduis qu'ils sont frères et sœur. Ils sont appuyés contre la vitrine, leurs mains gantées posées sur le verre, qui s'embue au rythme de leur respiration, tandis qu'ils regardent les automates, l'air émerveillé. L'un des garçons, qui n'a pas plus de six ans, se retourne vers le couple d'une trentaine d'années qui se tient debout derrière eux et tremble de froid.

– Maman, demande-t-il, c'est chez *Macy's* que le père Noël récupère les jouets qu'il donne aux enfants du monde entier ?

La mère lance un regard inquiet au père et bégaye :

– Euh, oui… c'est possible, mon poussin.

Le garçon fronce les sourcils, l'air dubitatif. Sa mère, elle, réprime une petite grimace, comme si elle se demandait si c'est aujourd'hui que la magie va disparaître.

Mais son fils hausse les épaules et retourne à son émerveillement.

– Il ferait bien de se dépêcher de venir les chercher, parce que ça approche, Noël, tu sais !

Je tourne la tête vers Anthony pour voir s'il trouve la scène aussi craquante que moi. Mais mon sourire semble lui faire prendre conscience du sien, et il se détourne.

« Non, non, non, me dis-je. Interdit de s'accrocher à ton blues. Tu as décidé de me suivre dans l'aventure parce que tu voulais surmonter ta rupture, alors surmonte-la !

Je lui donne doucement un coup d'épaule pour le pousser vers la porte à tambour, et il se laisse faire. Mais devant l'entrée côté Trente-Quatrième Rue, il s'arrête net. Il n'a pas l'air certain d'avoir envie d'entrer. C'est là que je découvre la marée humaine à l'intérieur. À côté, la foule de tout à l'heure à l'aéroport me semble calme et civilisée.

Anthony me tire par la manche et m'entraîne vers la porte.

– Viens, qu'on en finisse.

Environ dix-sept secondes plus tard, je remets en question mon approche de la deuxième étape, parce que dès qu'on franchit la porte à tambour, je me prends de plein fouet le chaos qui règne chez *Macy's* la veille de Noël. Des enfants courent partout en hurlant. Des parents, aussi, qui leur courent après en leur hurlant dessus. Face à ce spectacle, je reste bloquée. Mais ma paralysie dure à peine deux secondes : derrière nous, d'autres clients s'engouffrent, et l'un d'eux me rentre dedans. Propulsée vers l'avant, je suis sauvée par Anthony, qui réagit au quart de tour en m'attrapant le bras. J'évite *in extremis* d'être embarquée malgré moi dans une foire d'empoigne pour un coffret cadeau de parfum chic.

Tandis que des « lutteurs ridicules », trois types d'une trentaine d'années habillés pareil (pull marron, lunettes, pantalon en velours côtelé) se battent pour savoir lequel des trois a vu le coffret le premier, je me demande si ce relooking mérite vraiment qu'on s'inflige un tel supplice.

Le coffret finit par tomber par terre dans un grand fracas, et le trio de pulls marron fait un bond en arrière pour fuir les dégâts. En sentant le parfum d'agrumes entêtant remplacer petit à petit l'oxygène au rez-de-chaussée, je me fais la réflexion que la copine, la fiancée ou l'épouse l'a échappé belle.

Maintenant, Anthony m'attire vers un ascenseur et m'y fait entrer. Il appuie sur le bouton du huitième étage.

– Pourquoi on va au huitième ?

– Parce que, répond-il pendant que l'ascenseur commence à monter, à cette heure-ci, le rayon de Noël doit être en train de fermer, alors le huitième étage va se vider. On pourra prendre une bouffée d'air avant de redescendre chez les fous furieux.

Arrivé au huitième, l'ascenseur sonne et la porte s'ouvre. Effectivement, Anthony avait raison, c'est assez désert, ici.

Quelques personnes d'un certain âge flânent au rayon des articles ménagers, quelques femmes se tortillent dans tous les sens pour enlever des manteaux d'hiver et en essayer d'autres. Mais en dehors de ça, c'est le calme plat.

Le père Noël trône au centre de l'étage. Oui, bon, pas le vrai, évidemment. C'est un type en costume rouge qui tire un traîneau recouvert de fausse neige. Il fait la fermeture du pays du père Noël pour ce soir et jusqu'à l'année prochaine. Il a l'air si ronchon que je comprends les enfants qui courent dans tous les sens au rez-de-chaussée : ils sont flippés à l'idée d'être privés de cadeaux cette année, parce que le père Noël est en colère.

Tandis qu'Anthony et moi échangeons un regard amusé, un portable sonne et le père Noël bondit hors de son costume, ou presque, et se met à se tâter tout le corps en marmonnant :

– Je l'ai mis où, bordel ?

Un des lutins s'avance et plonge la main dans le cartable qu'il porte à l'épaule. Il sort un rouleau de faux parchemin, puis un téléphone portable, qu'il lui tend. Le père Noël tire sur sa barbe blanche, il a le menton rasé de près en dessous, et lance un regard noir au lutin.

– Tu m'as volé mon téléphone ?

Le lutin rougit un peu.

– Tu m'as demandé de te le garder, tu te rappelles ?

– Parce que c'est mon genre de faire ça ?

– T'as pas de poche dans ton costume et tu voulais être sûr de choper l'appel, au cas où – il secoue le téléphone – tu-sais-qui appellerait.

Le père Noël lâche l'élastique de sa barbe, qui reprend sa position initiale, lui arrache le téléphone des mains et fixe l'écran. Il pousse un petit cri et fixe des yeux son petit assistant.

– C'est vraiment lui, lâche-t-il d'une voix rauque.

Puis il tapote l'écran pour répondre à l'appel, tout en s'éloignant.

– Giovanni ? Oh, GiGi ! Je suis content que tu aies eu mes messages.

Il disparaît dans le restaurant *Au Bon Pain* et je me surprends à penser : « Argh ! même le père Noël a une vie amoureuse plus intéressante que la mienne. » Puis je souris en me demandant ce que Mme Noël en penserait si elle savait que son mari a un GiGi dans sa vie.

Je secoue la tête et m'auto-rappelle à l'ordre. Je n'ai mis les pieds chez *Macy's* que deux fois jusqu'à présent, dont une fois pendant un total de huit minutes, parce que Mme Lawrence a aperçu son petit ami du lycée qui fouinait dans les sacs à main de la mezzanine, et qu'on a dû ressortir en vitesse. Trente ans plus tard, elle est convaincue qu'il n'a toujours pas accepté leur rupture. Apparemment, il l'avait demandée en amie depuis un profil occulte de Facebook pour lequel il utilisait le nom de jeune fille de sa mère. Chelou.

Partir à l'autre bout du monde présente l'avantage que je n'aurai pas à m'inquiéter de croiser Colin chez John Lewis. Jamais.

Je prends d'un coup conscience qu'Anthony est en train de parler et qu'il s'est approché d'un plan de *Macy's* avec des codes couleurs. Je le rejoins en m'excusant. Il tapote sur le plan et désigne une paire d'escalators qui devrait nous permettre de descendre jusqu'au septième. Une fois sur l'escalator, je m'aperçois qu'il est en bois et qu'il fait un drôle de cliquetis. J'ai très peur qu'il s'écroule. Mais en même temps, je trouve ça appréciable qu'à Manhattan, les fantômes du passé aient le droit de faire irruption dans le présent, à la manière d'un vieux cousin borné qui voudrait s'assurer que le reste de la famille ne l'oublie pas. Ça me rappelle chez moi. C'est comme ça à Londres ; c'est peut-être pour ça que je me sens aussi bien, ici.

Ça n'a plus vraiment d'importance, mais c'est une sensation agréable pour mon dernier jour.

Une fois arrivée au septième étage, je fais un tour d'horizon dans l'espoir de repérer un vendeur inoccupé. Mais c'est beaucoup plus animé que le huitième étage. Et c'est animé en mode « à partir de demain, notre vie, ce sera *Walking Dead* ! ».

– Les vendeurs ont tous l'air débordés, dis-je à Anthony.

Il opine du chef.

– On va devoir se débrouiller.

On se dirige vers le présentoir le plus proche, sur lequel est posée une pyramide de jeans noirs pliés. Je m'apprête à en prendre un lorsque je remarque son prix. 165 dollars ? J'aurais peut-être dû lire l'étape deux jusqu'au bout. Je ne m'attendais pas à ce qu'elle revienne aussi cher.

– T'inquiète.

Je regarde Anthony. Il laisse échapper un sourire. Il serait sûrement beau s'il souriait plus souvent. Mais comme je ne l'ai presque jamais vu faire, c'est difficile à dire.

– C'est 165 dollars pour un jean !

– T'inquiète, répète-t-il.

Je plonge la main au fond de mon sac et j'en sors *Oubliez votre ex en dix étapes.* Je le feuillette.

– Tu fais quoi ? demande-t-il.

Je m'arrête sur l'étape deux.

– Je cherche s'il y a écrit quelque part que le vol à l'étalage est une pratique acceptable et tolérée. Non, je n'ai rien trouvé là-dessus.

Il sourit à pleines dents. J'avais raison : c'est vrai qu'il est plus beau quand il se détend.

– Ce n'est pas ce que je voulais dire. J'ai la carte du magasin. Tout ce qu'on achète, on peut le porter aujourd'hui et je le rendrai après Noël. Relooking gratos.

Acheter des vêtements qu'on porte une journée, voire quelques heures, ça ne me ressemble pas. Mais je ne vais pas mentir : porter un vêtement hors de prix sans le payer, c'est grisant. Je suis sur le point de hocher la tête et de valider, quand une autre pensée gênante me vient.

– Ils doivent avoir une politique de retours très stricte, ici. Et dehors, il fait froid et il neige. On ne pourra jamais rendre les tenues dans l'état où on les achète.

Il lève les yeux au ciel.

– Arrête de faire ton Anglaise. Les New-Yorkais ne suivent pas toujours les règles au pied de la lettre. Il va falloir que tu t'y fasses si tu veux faire partie de la bande.

Il me passe devant et retourne à l'escalator.

– Je descends au cinquième pour me choisir une tenue. On se retrouve dans dix minutes ?

Mais j'ai vu quelque chose dans le livre qui retient mon attention. Je vais vers lui pour l'empêcher de monter sur l'escalator.

– Non, c'est à moi de descendre au cinquième.

– Pourquoi ?

– Parce que… Je lui montre l'étape deux en désignant le texte en question : « Laisser un ami choisir votre tenue est un exercice sain qui vous donnera une idée de l'image que vous renvoyez aux autres. »

– Qui plus est, si je dois choisir ma propre tenue, on risque d'être encore là à Pâques. Ce sera plus rapide, si tu me choisis un truc.

Il s'avance vers moi, et pendant un instant, j'ai l'impression qu'il va me prendre les mains et m'éloigner de l'escalator.

– Oh non ! c'est une idée catastrophique, dit-il. Tu m'as vu. Je n'ai pas la moindre idée de ce qui est à la mode.

J'essaye de ne pas poser les yeux sur sa chemise à carreaux jaune et crème, qui n'a vraiment rien à faire sous sa parka marronnasse, ni de lui montrer que je suis un peu d'accord avec lui.

– Mais si, c'est facile, dis-je. T'as juste à choisir une tenue que tu aimerais me voir porter.

Houla ! c'est pas du tout ça que je voulais dire. Je rougis ? Je sens que je suis en train de rougir. Je fais volte-face et je m'engage rapidement sur l'escalator en criant que c'est exactement ce que j'ai prévu de faire pour lui.

Oui, c'est clair. Gros fard.

*

17 h 25

Je me sens assez sûre de moi pour ce qui est de mon choix de tenue, lorsque j'aperçois Anthony sur l'escalator qui vient me rejoindre au cinquième. Lui n'a pas du tout l'air confiant. Il a un tas de vêtements plaqués contre sa poitrine, comme si c'était un nouveau-né qu'il aurait peur de faire tomber.

– C'est bon ?

– On dirait que je vais t'acheter de la came, je plaisante.

Un sourire traverse son visage et ses yeux s'illuminent. Il fait semblant de chercher les flics.

– J'ai le matos, là, meuf, mais tu ferais bien de te casser vite, y a les keufs qui rôdent.

Je regarde mes pieds pour ne pas lui montrer mon sourire bête. Puis nous échangeons nos tenues de la façon la moins louche possible et nous éclatons de rire. Si j'avais été plus douée en impro, j'aurais pu continuer ce petit jeu de rôle.

Mais je ne suis pas douée en impro. J'étais abonnée aux B moins en théâtre.

Nous repérons les panneaux des cabines d'essayage situés de part et d'autre de l'étage.

– On se retrouve ici ?

– Ça marche.

Il hoche la tête.

Nous nous regardons une dernière fois, comme si nous étions sur le point de sauter d'une falaise ou quelque chose dans le genre. Mais ça crée un malaise, alors je tourne les talons, direction les cabines femmes, avant de réfléchir trop longtemps à l'absurdité de ce que nous sommes en train de faire.

Dans la cabine, je découvre les vêtements qu'Anthony a choisis en pensant à moi et je m'interroge. Jean noir délavé *skinny,* t-shirt noir avec un imprimé tête de mort, écharpe indigo, blouson noir en cuir.

Il veut que je ressemble à Jessica Jones ou quoi ?

Au moins, il a l'air d'avoir opté pour une tenue confortable. Colin, lui, ne me trouvait à son goût que si j'étais sexy. Mais bon, pour Anthony, je ne suis qu'une pote d'un jour. Personne ne risque de nous voir ensemble. Je n'aurai jamais à me conformer à l'image qu'il cherche à donner de moi.

Ce relooking, c'est pour moi, pas pour Anthony et moi. Ça me fait du bien.

Deux minutes plus tard, j'ai enfilé le jean et le t-shirt et je me regarde dans le miroir. Le jean est moulant, il a besoin que je le fasse. Mais objectivement, il me va bien. La tête de mort sur le t-shirt noir a l'air de défier son alter ego dans le miroir. Et malgré mes cheveux châtains, je suis étonnée de voir que je ne fais pas trop gothique. Je complète la tenue en passant l'écharpe, puis la veste. Je m'attends à ce qu'une Charlotte bizarroïde me regarde dans le miroir. Mais pas du tout. J'ai l'air… pas trop mal, je crois. Une dure à cuire tranquille. Pas au sens meuf qui cherche la baston, mais plutôt meuf qui n'a jamais besoin de se battre parce qu'on sent bien qu'elle ne laisse rien passer.

Je l'aime bien. Je me demande ce qu'Anthony a vu en moi pour choisir cette tenue. Je repense au livre sur les dix étapes. Comme si la réponse s'y trouvait. Quelque chose me turlupine, quelque chose qui a attiré mon attention quand je le feuilletais pour la première fois dans le taxi. Je le sors de mon sac et je vais au sommaire. Mes yeux s'arrêtent immédiatement sur la neuvième étape.

3. Voyez-vous dans le regard de quelqu'un d'autre.

Les miroirs mentent souvent. Et les miroirs qu'on a dans notre tête sont l'équivalent psychologique des miroirs de fête foraine, faits de verre spécial pour déformer à l'envi, et surtout pour nous rabaisser. C'est dans le regard des autres qu'on voit la part de nous qu'on fait parfois exprès d'ignorer.

Je ne sais pas si ça peut faire office d'étape neuf, mais on va voir ce que ça donne. Si j'arrive à me sentir bien dans ce look, alors peut-être qu'Anthony a vu juste !

Je range mes vêtements en boule dans mon tote-bag, je ressors de la cabine et je le retrouve au milieu de l'étage. Il porte l'ensemble que j'ai choisi : un pantalon à carreaux classe et un chandail… euh ! un pull bleu. Il n'a pas l'air très à l'aise. Il a les épaules *aff-oûtées,* comme dirait ma copine Amelia. Affaissées et voûtées en même temps. Son sac à dos rouge pend le long de ses jambes, il tient les anses dans une main.

– Tu es beau, je lui dis.

Je suis sincère. Il serait beau, s'il n'était pas *aff-oûté*.

– Ce n'est pas très moi.

Je lève les yeux au ciel.

– Tu as compris le principe du relooking, non ? Ça veut dire essayer quelque chose de différent.

– Tu es sûre que ça ne fait pas clown ? demande-t-il en levant une main pour se frotter l'arrière de la tête.

Je sais que c'est un tic qu'il a. Je l'ai déjà vu faire plusieurs fois. Je suis étonnée de l'avoir remarqué. D'habitude, il me faut des années pour repérer les manies de mes amis.

– Arrête, lui dis-je en lui tapant le bras de manière joueuse et en lui faisant faire un tour sur lui-même pour qu'on se retrouve tous les deux face à un miroir en pied adossé à un pilier. Nous voilà côte à côte face au miroir.

– Ça te va bien.

Et c'est vrai. Je remarque que nous avons choisi des tenues de styles très différents. J'ai l'air pas commode, et lui, il a l'air classe.

Nos, et en même temps, nous ne nous regardons pas. C'est plus intense que lorsque nous nous regardons en face, comme si le miroir était la troisième personne de l'équation, qui tient nos regards entre les mains et menace de les faire tomber à tout moment.

– Il faut le porter comme si tu te sentais toi-même, lui dis-je, en posant une main sur son épaule et l'autre dans le creux de son dos pour qu'il se *dés-aff-oûte*. Quand on est sûr de soi, tous les looks passent.

Je frôle la taille de son pantalon du bout des doigts et je me fige. Par chance, nous avons arrêté de croiser nos regards dans le miroir et j'ai les cheveux devant le visage. Parce que je suis certaine d'avoir encore rougi. Que se passe-t-il ?

« Ce sera gênant si je me comporte comme si j'étais gênée, me dis-je. C'est un relooking. Toucher les vêtements de l'autre, ça fait partie des risques. »

Je me rends compte que même si je suis en train de gamberger sur la gênance des contacts physiques, je n'ai toujours pas arrêté de le toucher. Alors je rapproche mes mains l'une de l'autre et j'aplatis les plis inexistants dans le dos de son pull.

« C'est rien. Il n'y a rien de gênant. »

J'ose jeter un coup d'œil dans le miroir. Il ne me regarde pas. Il dévisage le nouveau lui et son air dubitatif s'estompe un peu. « Ouf, il n'a peut-être pas remarqué. »

Anthony se tourne à moitié pour se voir sous tous les angles. Lorsqu'il retrousse ses manches, j'aperçois quelque chose sur son avant-bras gauche. Au départ, j'ai l'impression que c'est une grosse cicatrice de brûlure.

– Qu'est-ce que tu as au bras ?

Mais Anthony a déjà changé d'avis et il redescend sa manche.

– C'est rien, c'est rien.

Je passe le bras devant son torse pour lui attraper le poignet.

– C'est un tatouage ? Fais voir !

On se regarde pour de vrai, en face à face. En lisant la panique dans ses yeux, je comprends.

Il soupire et dit :

– Bon, très bien.

Il retrousse sa manche en disant que c'est débile, mais je n'ai pas besoin d'explication. Je me doute déjà de ce qu'il va me montrer. J'ai envie de lui dire que ce n'est pas grave, qu'il n'est pas obligé. Mais je ne peux pas, maintenant que j'ai fait tout un fromage pour le voir.

Il y a écrit « MAYA » en grosses lettres décorées.

– Mais c'est ta peau !

Je ne veux pas paraître aussi choquée, mais c'est plus fort que moi. S'il s'était fait tatouer son prénom, c'est que leur relation était un peu plus sérieuse que la mienne avec Colin. Jamais je ne confondrais la profanation de mon corps avec un geste romantique. Je crois.

– C'était une idée débile, dit-il à nouveau.

– La tienne ou la sienne ?

La question est sortie de ma bouche avant que j'aie le temps de l'en empêcher. Je suis sur le point de m'excuser, de dire que c'était méchant. Mais ce serait un mensonge. Alors je laisse la question en suspens, même si Anthony regarde ailleurs, l'air penaud et honteux. Elle est là, ma réponse.

– Elle aussi elle s'est fait tatouer ton prénom, au moins ?

– Elle a dit qu'elle le ferait quand elle rentrerait.

Je tends le bras et redescends sa manche. Je boutonne la manchette et je me retiens de prendre sa main dans la mienne. Au lieu de ça, je lui donne un coup de poing amical dans le bras.

– Bon, dis-je. Je pense qu'on n'a pas fini la deuxième étape. Il y a encore du relooking à faire. Il est où, le salon de tatouage où tu t'es fait faire ça ?

Avant qu'il ait le temps de répondre, une voix qui pourrait être celle de Dieu, mais j'imagine que c'est juste un des directeurs, annonce que *Macy's* va fermer dans… Je n'entends pas le nombre de minutes avant la fermeture parce que les clients réagissent comme si leur équipe venait de perdre le championnat de hockey (je crois qu'ils sont fans, ici). Un grognement d'irritation, un souffle de panique… et plus d'un gros mot.

Anthony doit presque hurler pour que je l'entende par-dessus l'agitation.

– On va payer et sortir avant de se faire piétiner.

Je hoche la tête et me dirige vers les cabines, mais Anthony m'attrape par le col. Avant que je m'en rende compte, il a arraché l'étiquette de la veste en cuir.

Je pousse un cri strident au moment où j'entends l'étiquette se détacher, même si c'est la veste qui a mal, pas moi.

– Mais tu fais quoi ?

– Je nous fais gagner du temps, dit-il. On va sortir habillés comme ça.

L'étiquette du jean dépasse de ma taille. Il s'apprête à l'arracher, mais s'arrête net lorsque ses doigts arrivent à quelques centimètres de ma cuisse.

Il lève les yeux vers moi.

– Tu t'en occupes ?

Grâce à un effort insurmontable, j'arrive à ne pas regarder ailleurs et à soutenir son regard. Mais je ne peux pas m'empêcher de rougir.

– Oui, oui, c'est bon, c'est bon. T'inquiète, je gère.

Ni de parler pour ne rien dire, apparemment.

Cinq minutes plus tard, on présente notre tas d'étiquettes en caisse. Les vêtements que je portais en arrivant sont encore dans mon tote-bag, et Anthony a entassé les siens dans son sac à dos. En avançant dans la file d'attente pour la caisse, je sens, l'espace d'un instant, que je suis en train de mettre Colin de côté.

Dommage que je ne puisse pas littéralement l'entasser dans mon tote-bag.

Anthony paie avec sa carte et on sort de chez *Macy's* côté Trente-Quatrième Rue. Oui, la veste en cuir est un must par cette météo. Bien joué, Anthony. Il n'a pas deviné que sa copine à distance le trompait, mais là, il a assuré.

– Par ici, dit-il en se dirigeant vers l'est sur la Trente-Quatrième Ouest.

Je le suis.

– On va où ?

– Dans l'East Village.

*

18 h 10

On prend le métro ligne N jusqu'à la Huitième Rue-NYU, et Anthony m'entraîne vers la *Saint Martin Place*. Mais je ne suis pas vraiment attentive, parce qu'à Union Square, mon téléphone a bipé et que j'ai commis l'erreur de regarder. J'avais d'autres notifications Instagram sur mon écran verrouillé ; des commentaires que je n'avais pas remarqués quand on était chez *Macy's*. Mon dernier post, un selfie à l'air triste avec un groupe de filles du lycée de Sacred Heart, le dernier jour du semestre, lorsque ma tristesse était sans doute moins feinte que celle des autres filles, était saturé de commentaires de compassion de la part de potes qui avaient appris que je ne pouvais pas prendre mon avion. Et j'appréciais la sensation d'être plus populaire que jamais.

Et puis j'ai remarqué qu'il était presque dix-huit heures.

L'heure à laquelle j'aurais dû embarquer dans un avion qui se préparait à décoller. À l'heure qu'il est, je devrais me mettre en position pour regarder New York s'éloigner en rapetissant par le hublot.

Mais loin de là.

– C'est ici.

La voix d'Anthony me ramène à la solitude de mon présent, tandis qu'il m'entraîne dans une rue qui semble être un repaire de tatoueurs. Maintenant que je suis ici, je me sens beaucoup moins convaincue par mon idée de bouquet final pour le grand relooking d'Anthony. J'ai l'air plus coriace que d'habitude, mais ma couverture sera probablement grillée quand je tomberai dans les pommes en voyant l'aiguille.

Mon appréhension grandit quand je vois des panneaux indiquant des enseignes comme *Addiction Tattoo* (Pitié, pas celui-là !), ou *Comme tu veux Tattoo* (Qui se fait tatouer chez un tatoueur indécis ?). J'éprouve un gros soulagement lorsque Anthony m'entraîne dans une boutique qui s'appelle *Love Ink.* C'est peut-être un nom kitsch, mais au moins, on n'a pas l'impression qu'on risque d'attraper une hépatite en mettant les pieds à l'intérieur du salon.

– Tu n'es pas obligé de le faire, tu sais, lui dis-je. Je me suis un peu emballée.

Il me regarde.

– J'y tiens.

Je le crois, alors je me laisse entraîner vers l'intérieur. Comme chez *Macy's*, je suis choquée par l'ambiance qui règne de l'autre côté de la porte. Sauf que cette fois, ce n'est pas le mur de bruit des mille et quelques clients qui m'étourdit… mais l'odeur de cannabis.

Je tousse en agitant la main devant mon visage pendant que la porte se referme derrière moi. J'étudie le salon, qui n'est pas aussi défraîchi que ce à quoi je m'attendais. C'est propre, même si les trois fauteuils inclinables noirs seraient à leur place chez un dentiste gothique. Les images de tatouages de torses au mur me mettent un peu mal à l'aise, mais j'avoue que les dessins de cœurs ensanglantés me parlent. D'un coup, je flippe d'avoir poussé trop loin l'intrigue secondaire de mon histoire. Imaginons qu'Anthony et moi, on se retrouve à devoir fuir un tatoueur psychopathe qui cherche par tous les moyens à nous dessiner des symboles sataniques sur le dos…

Il n'y a pas de clients, juste un type au comptoir qui fixe un écran de portable. Ses avant-bras maigrichons et entièrement tatoués sont croisés sur sa poitrine (je n'arrive pas à voir si ce sont des symboles sataniques ou pas). Je n'ai pas accès à l'écran du portable, mais je reconnaîtrais les dialogues de *La Vie est belle* entre mille. Anthony se racle la gorge, et le tatoueur relève la tête en plissant les yeux, comme s'il essayait de nous distinguer dans l'obscurité. Au bout d'une seconde, il retourne à son écran.

Anthony secoue la tête.

– Ce n'est pas une hallucination, mon ami.

Le tatoueur repousse sa chaise du comptoir en se redressant. Il chancelle un peu et essaye d'avoir l'air sobre.

– Qu'est-ce que je peux faire pour vous ?

Anthony retrousse sa manche, révélant le graffiti « MAYA ».

– Je veux le faire recouvrir.

Le tatoueur se penche par-dessus le comptoir pour l'examiner.

– Mais mec, il est trop top !

– C'est du beau travail, confirme Anthony. Mais je veux quand même le faire recouvrir.

– C'est Philomena qui te l'a fait, non ?

Le tatoueur est littéralement en train de se caresser le menton, comme s'il se prenait pour un de ces snobs pompeux qui fréquentent les galeries d'art.

– Ça se voit à la boucle du *y*. On dirait que la lettre veut se manger elle-même. C'est profond. Elle me tuerait, si elle savait que j'ai profané son travail.

Anthony me regarde et lève les yeux au ciel, alors je m'avance pour parler au tatoueur en employant le ton que j'emploie parfois avec ma copine Heather, quand elle a trop picolé (ce qui arrive un peu trop souvent).

– Mon ami ne dit pas qu'il trouve le tatouage raté, je lui explique. Philomena est une vraie artiste. Son tatouage est magnifique, mais… je désigne le prénom de Maya, elle, il faut qu'elle disparaisse.

Il hoche la tête et lance un regard complice à Anthony.

– Je m'occupe de toi, mec.

– Alors, tu vas le virer ? demande Anthony. T'es pas obligé de, genre, faire un autre tatouage par-dessus ?

– T'inquiète, t'inquiète.

Il prend le bras d'Anthony et l'entraîne vers un des fauteuils. Lorsque Anthony s'assied, le type me regarde.

– Je sais ce que c'est. Il y a une nouvelle femme dans ta vie, alors tu veux faire table rase du passé, comme un *reboot* de l'amour.

Sa crise de rire dure une bonne minute. À ce stade, je me demande si c'est raisonnable pour Anthony de passer dans le fauteuil d'un type plus fracassé qu'une guitare après un concert de rock.

– On n'est pas en couple, se défend Anthony un peu brusquement. Je veux juste me débarrasser du tatouage. Qu'est-ce que tu proposes ?

Le type se caresse à nouveau le menton.

– Tu aimes les sirènes ?

*

18 h 45

Le travail sur Anthony est presque terminé. Il détourne le regard de ce que le tatoueur – Joe, apparemment – est en train de faire à son bras. Au lieu de ça, il me regarde, moi. Quant à moi, j'essaye de toutes mes forces de ne pas avoir l'air totalement horrifiée. Joe a fait de son mieux, et il a travaillé à une vitesse inattendue pour un type qui plane plus haut que mon avion, s'il avait décollé. Mais la queue de la sirène qui est censée cacher le prénom de Maya est large et difforme. Les écailles ressemblent plutôt à des étoiles. Les bras sont censés être gracieux et légers, mais en réalité, on dirait des grosses paluches. Quant à son visage… Disons qu'elle a l'air d'avoir été électrocutée. Ce doit être la première sirène de Joe.

Pourtant, c'est lui qui a proposé.

Il y a cinq minutes, Anthony m'a demandé, les dents serrées : « Alors, ça donne quoi ? » J'ai répondu en hochant la tête, plutôt que de parler, parce que j'avais peur que mon ton trahisse mon angoisse. Et puis, j'espérais vaguement que Joe avait une idée derrière la tête et qu'à la toute fin, le résultat serait merveilleux et surprenant. Mais non, il a mal commencé et a continué sur sa lancée. Et quand je m'en suis rendu compte, c'était trop tard.

D'ici quelques mois, Anthony pourra peut-être le faire noircir complètement chez un autre tatoueur. Se faire faire un rectangle noir parfait. Oh oui, il pourrait dessiner une poignée, pour symboliser la porte fermée sur son prénom !

– Et voilà, c'est tout bon, mec.

Joe repose l'aiguille sur la petite table en inox (avec beaucoup de soin pour un type qui a encore l'air de penser que tout ça n'est qu'un rêve), puis il s'enfonce dans son fauteuil pour admirer son travail.

– Je ne voudrais pas dire, mais il est franchement cool.

Anthony se relève. Je fais de mon mieux pour ne pas grimacer et lui offrir mon sourire le plus encourageant. Mais je sens bien mes joues crispées. Le mieux que j'aie à lui proposer, c'est une *sou-mace.*

Il esquisse un rictus de douleur et jette un coup d'œil sur le travail de Joe. Il examine la sirène difforme victime d'électrocution aux grosses paluches. Il rapproche son bras droit de son visage, ses lèvres se crispent. Instinctivement, je surveille les outils de Joe, espérant qu'Anthony ne s'en empare pas. J'anticipe son pétage de câble, en mode *full Brooklyn* – je ne sais pas trop à quoi ça ressemble, cela dit. Peut-être qu'il prendrait l'aiguille et ferait de force un tatouage vengeur à Joe ? Mais rien de tout ça. Il garde son calme pendant que Joe lui bande le bras. Il paye et me remercie. On sort du salon et on retourne dans Saint-Mark.

Il n'aime tout de même pas ce tatouage, si ?

*

Cinq minutes plus tard, nous sommes dans un resto un peu plus bas dans Saint-Mark. Nous avons longé au moins cinq autres salons de tatouage sur le trajet, et devant chacun d'entre eux, je me suis demandé si Anthony pensait la même chose que moi : qu'on aurait peut-être dû aller ailleurs pour *dé-mayatiser* son bras.

Nous voici à présent assis l'un en face de l'autre, une assiette de frites au fromage posée sur la table entre nous. Je ne pensais pas avoir faim aussi vite après la pizza, mais les frites sont succulentes. Peut-être que ça m'a ouvert l'appétit d'inhaler toute cette fumée de cannabis. Je jette un coup d'œil sur le bras d'Anthony et je lui pose la question, parce que je ne tiens plus.

– Il te convient, ce tatouage ?

Anthony regarde la bande. On a presque l'impression que l'ignominie qui est dessous brille en transparence.

Il hausse les épaules.

– Ce n'est que mon bras, dit-il avant d'enfourner une frite au fromage dans sa bouche.

Je le sonde pour essayer de savoir s'il plaisante. Mais impossible de déceler quoi que ce soit ; son expression est très sérieuse.

Mais alors, je me souviens de ce que mon semestre ici m'a enseigné sur les Américains. Contrairement à ce que disent les Britanniques, ils maîtrisent l'humour pince-sans-rire, l'ironie et le sarcasme. Et prétendre que non est aussi faux que le stéréotype du flegme britannique. Si j'avais été flegmatique, je n'aurais pas pleuré toutes les larmes de mon corps depuis que Colin m'a dit que c'était fini, et je ne serais sans doute pas en train de glousser aussi fort, pliée en deux au-dessus de la table comme je suis en train de le faire maintenant.

À un moment, je ris tellement que j'ai l'impression que je vais vomir. Je lève les yeux vers Anthony en essuyant mes larmes.

– Je suis vraiment désolée. Je n'aurais jamais dû te traîner…

– T'inquiète, dit-il en déroulant sa manche. Il sourit et secoue la tête, sans doute pour lui-même. J'aurai beau le recouvrir, je devrai quand même vivre avec. Il n'a pas disparu. Il est seulement… caché. Il se tait et son sourire s'efface. C'est assez symbolique.

– Quoi donc ?

– Tout ça. Son prénom, l'empreinte qu'elle laisse ; ça ne s'effacera jamais. Bien sûr, ça ne se voit plus, mais l'empreinte sur ma peau est toujours là.

– Aucun laser ne peut nous guérir de l'amour.

Pas de *sou-mace*, cette fois. Je fais une grimace assumée, parce que c'était bien pourri comme réponse.

Mais Anthony ne lève pas les yeux au ciel et ne se moque pas de moi. Au lieu de ça, il hoche la tête.

– C'est ça. Je peux faire comme s'il n'existait pas, mais il est là. Et je peux faire comme si je n'avais jamais été avec Maya, mais je l'ai été.

– Ou bien, tu pourrais espérer tomber sur la tête et avoir une commotion super-grave, qui effacerait tous ces souvenirs-là.

Il esquisse un simple sourire.

– Si je jouais encore au football, ce serait envisageable. Mais j'ai abandonné en deuxième année.

Puis il regarde la table et j'ai failli manquer la fin de sa phrase.

– Mon père l'a vraiment validée, cette décision-là.

Il relève les yeux vers moi si brutalement que j'ai un mouvement de surprise.

– Tu veux faire quoi, après ?

Mon regard est vide. Pour être franche, je commence à sentir la fatigue. Mais il a quelque chose dans les yeux, une avidité que je n'avais pas encore vue.

Je suis à court d'idées, sauf une : je sors le tote-bag de sous la table.

– Tu veux regarder l'étape trois ? je demande.

Quand je vois ce que c'est, je fronce les sourcils. Ça ne va pas être simple…

Chapitre 4

Anthony

3. Renouez avec un ou une vieille amie.

Ce n'est pas agréable à admettre, mais ce qui change en premier quand on se met en couple, c'est qu'on se coupe de nos vieux amis. Mais en laissant s'éloigner nos amis, ne perdons-nous pas l'essence de ce que nous étions avant, de notre moi authentique et originel ? Pour créer une nouvelle version de vous-même, il faut parfois se rappeler ce que vous aimiez dans l'ancienne version.

19 heures

Charlotte retourne le livre pour me permettre de voir la page.

Le troisième chapitre s'intitule « Renouez avec un ou une vieille amie. »

Juste avant qu'elle ne repose le livre, j'arrive à entrevoir un bout du paragraphe qui explique que nos vieux amis nous permettent de nous rappeler ce qu'on était avant. Avant la relation, je présume.

– Ça craint, dis-je. J'imagine que tes vieux amis sont tous au pays.

Charlotte opine du chef.

– Et il est minuit, là-bas, alors je ne peux même pas organiser un Skype. En même temps, si j'avais les coordonnées Skype de mes vieux amis, ce ne serait pas mes vieux amis, mais de nouveaux. Enfin, pas forcément nouveaux, mais actuels ; tu vois ce que je veux dire ?

Là, elle fait ce petit truc adorable, comme à chaque fois qu'elle se met à parler pour ne rien dire depuis tout à l'heure. Elle se reprend, ferme les yeux et fronce le nez, comme si elle se donnait intérieurement l'ordre de se taire. J'ai envie de lui dire que ce n'est pas la peine. J'aime bien quand elle parle pour ne rien dire. Tout ce que Maya disait paraissait toujours planifié ou, d'une certaine manière, répété. Là, c'est plus franc du collier. Mais bon, je me dis qu'après ce qui s'est passé aujourd'hui, ce serait sans doute une bonne idée pour moi de rester sur le banc de touche pendant un temps. Elle va retourner en Angleterre, de toute façon, alors ce n'est pas comme s'il pouvait se passer quoi que ce soit de sérieux entre nous.

– Toi, en revanche, tu pourrais retrouver un vieil ami, elle suggère en enfonçant le livre dans son sac.

Elle ne se donne même pas la peine… nous ne nous donnons même pas la peine de lire le chapitre en entier pour savoir pourquoi il faudrait renouer avec de vieux amis. Nous n'avions pas non plus cherché à savoir pourquoi il faudrait faire quelque chose que nous avions arrêté de faire, ni ce que nous gagnerions à nous soumettre à un relooking.

J'ai moyennement envie de reprendre contact avec mes vieux amis, mais Charlotte me fixe, les yeux remplis de ce qui pourrait être de l'espoir, et moi, je suis partant pour tout ce qui m'évitera de rentrer chez moi. Accessoirement, je sens bien que je n'ai aucune envie de la décevoir. Alors, je dégaine mon téléphone et je la préviens.

– Tu l'auras voulu. Ces mecs-là sont très différents des Américains auxquels tu es habituée.

– Tant que ce ne sont pas des hipsters, ça se passera très bien avec moi.

Je hausse les épaules.

– Si ça se trouve, ce sont des hipsters, maintenant. Je ne les ai pas vus depuis longtemps, rappelle-toi.

Je regarde mon téléphone. Mon pouce traîne au-dessus de l'icône WhatsApp dans le coin en haut à gauche de l'écran, et j'ignore la pastille rouge sur l'icône Snapchat, qui m'indique que j'ai sept notifications. Il faudrait vraiment que je change les paramètres, pour ne plus être au courant du moindre truc que fait Maya. Déjà quand on était ensemble, ça ne me convenait pas. J'ouvre WhatsApp, où il y a un groupe avec les gens de ma classe de terminale. Il n'y a pas eu de nouveau message posté depuis l'été dernier. Sans doute que tout le monde est occupé par la fac et que personne ne va voir ce qui se passe sur le groupe. Mais Charlotte n'est pas obligée de le savoir. Tout ce qu'elle a besoin de voir, c'est que j'ai essayé. J'envoie un message de deux lignes pour dire que je suis à New York, si quelqu'un est dans les parages. Je referme l'appli et je fixe l'écran d'accueil pendant une seconde, en me retenant d'aller sur Snapchat. Même si cette fichue pastille rouge indique huit notifications, à présent, et que découvrir à quelles huit activités essentielles Maya s'est livrée dans les quarante-cinq dernières minutes me semble être absolument indispensable.

J'enfonce le téléphone dans la poche de mon pantalon et je lance à Charlotte :

– Ça te dirait de changer de décor ?

*

Dix minutes plus tard, nous passons sous l'arche de Washington Square. Nous marchons pour marcher, aucun de nous n'entraîne l'autre. Enfin si, peut-être moi, vu que j'habite ici.

Bleecker Street était étonnamment calme, tout à l'heure, mais ce côté-ci du Village ne l'est pas. Des touristes sont massés autour de l'arche, et les New-Yorkais les bousculent pour passer, les mains dans les poches, le regard tourné vers le sol et les épaules rentrées pour se protéger de la neige qui commence à adhérer aux trottoirs. Contrairement à moi, certaines personnes ont juste envie de rentrer chez elles, ce soir.

Charlotte s'arrête, contemple l'arche. J'espère qu'elle ne va pas me demander de la prendre en photo ou, pire, se prendre en selfie. Mais elle n'a pas l'air d'être du genre à faire des selfies. Ça me plaît.

– Un penny pour savoir à quoi tu penses, je demande, faute de mieux.

Elle me sourit.

– On ne devrait pas dire « un cent pour savoir à quoi tu penses », quand on est aux États-Unis ?

Je fais la moue.

– Tu as raison, ça sonnerait tellement bien.

Elle regarde vers l'arche en réfléchissant.

– « Un cent pour savoir… » Non, tu as raison. L'original est mieux, avec penny. Son sourire s'estompe. Je regardais juste passer les gens.

– Tu aimes faire ça ?

Elle hoche la tête.

– Pourquoi ? C'est farfelu ?

Je hausse les épaules.

– Moi aussi, je fais ça. Qu'est-ce que tu as noté de particulier ?

Elle hausse les épaules à son tour.

– Rien de spécial. Je me dis seulement que ces gens ont tous prévu de passer le soir de Noël ici. La plupart d'entre eux vivent à côté, mais il doit bien y en avoir qui sont loin de chez eux, non ? Mais je suppose que vu qu'ils sont avec des gens qu'ils connaissent et qu'ils aiment, ils n'ont pas l'impression d'être très loin de chez eux. Tu vois ce que je veux dire ?

Je regarde mes pieds.

– Je n'ai jamais vraiment quitté New York.

– T'es sérieux ?

Elle éclate de rire. Je fais une tête qui dit : « Je sais, c'est affligeant, non ? »

– Eh bien, continue-t-elle, je commence à me dire que ce qui me donne l'impression d'être loin, ce n'est pas tant la distance géographique que le fait que je ne connaisse personne ici. Je ne sais pas si ce que je dis est cohérent.

Plus ou moins.

– Mais ça me fait réfléchir au concept du chez-soi. Tout le temps que j'ai passé ici au lycée, je me suis répété que je faisais de New York mon chez-moi. Par ma simple présence ici. Que ce serait pareil quand… si je revenais étudier à Columbia. Mais je me rends compte que je me trompais… ou que je n'avais pas tout à fait raison. Sans ma famille hôte et leur maison comme camp de base, je suis entourée d'inconnus.

– L'année prochaine, il y aura la fac, lui réponds-je. C'est pas mal, comme camp de base. Sur un campus, les gens ne restent pas des inconnus très longtemps.

Elle acquiesce, replace le tote-bag sur son épaule, puis croise les bras sur sa poitrine. Elle garde le silence un long moment, mais ce n'est pas le genre de silence qui se produit quand on n'a rien à dire. Elle est silencieuse, parce qu'elle réfléchit. Et il me semble important de ne pas l'interrompre.

– Je trouve ça agaçant, annonce-t-elle au trottoir, de se dire qu'on a dans la tête l'idée qu'on va passer un semestre génial, qu'on va se trouver, répondre à toutes les questions qu'on se pose sur ce qu'on va devenir dans le futur et sur ce qu'on est capable d'accomplir… Et au bout du compte, quand il faut prendre la décision de ce qu'on va faire, on commence à avoir envie de rentrer chez soi. Et tu sais le pire dans tout ça ? Je commence à en vouloir à ma famille, parce qu'ils me manquent. Je débloque ?

– Oh oui, grave ! je réponds tandis qu'un couple de personnes âgées passe devant nous, bras dessus bras dessous. Je me demande un peu honteux si c'est leur dernier Noël ensemble. Mais tu sais quoi ? Chez toi, c'est chez toi. Ce sera toujours l'endroit d'où tu viens, il n'y a rien à faire. Toi, tu considères ça comme une base physique, comme l'endroit d'où tout part. Peut-être que tu as besoin de le considérer comme une base affective, comme l'endroit où tout a commencé. La vie est un voyage, mais à t'entendre, on croirait que tu te prépares à faire des tours sur une piste d'athlétisme, alors que tu devrais plutôt… je ne sais pas… courir un marathon.

Elle ne fixe plus le trottoir. C'est moi qu'elle fixe, et je n'arrive pas à lire son expression. Ses yeux ont rétréci et ses lèvres sont pincées, ce qui a pour effet de lui remplir les fossettes.

– Tu penses que c'est mieux d'avancer ? me demande-t-elle.

Je fais claquer mes doigts avant de pointer mon index sur elle. J'ai une envie soudaine de passer à un sujet de conversation plus léger.

– C'est exactement ça. Avancer. Merci d'avoir traduit mes élucubrations incohérentes en une seule phrase.

Elle sourit et jette un œil par-dessus son épaule vers le parc derrière l'arche.

– Bref, je dis. Pour l'étape trois. Tu ne connais vraiment personne à New York ? À part moi, bien sûr. Tu ne viens pas de passer tout un semestre au lycée ? T'as bien dû te faire des potes !

– Oh oui ! Elle enfonce ses mains dans ses poches, rentre les épaules pour se protéger du froid et se balance d'un pied sur l'autre. Pas des potes super-proches, mais il y a quelques filles avec qui je déjeunais, tout ça.

Je me penche en avant et je plonge mes yeux dans les siens.

– Laisse-moi deviner. Colin est arrivé et tout a changé ?

Elle acquiesce.

– Eh bien, il me semble que les filles avec qui tu déjeunais doivent compter comme des amies honorifiques. Elles sont ce que tu as de plus proche ici.

– Tu crois que je devrais leur envoyer un message ?

Je pense que oui. Parce que ses nouveaux vieux amis valent sûrement mieux que n'importe qui de ma classe de terminale qui pourrait répondre à mon message WhatsApp pourri.

Mais j'essaye de ne pas avoir l'air trop empressé quand je réponds : « Pourquoi pas ? »

Elle hausse les épaules, sort son téléphone et envoie un message de groupe sur WhatsApp. Dès que c'est fait, elle range son téléphone dans la poche intérieure de sa veste, puis se tourne vers moi. Nous sommes mal à l'aise, parce que pour la première fois depuis trois heures et quelques que nous nous connaissons, nous n'avons plus rien à nous dire.

Je devrais en avoir l'habitude, parce que ça arrivait avec Maya. Souvent. Ce n'est que maintenant que je me rends compte que c'était sans doute un signe évident que nous n'étions pas faits l'un pour l'autre.

Ou alors, peut-être que je ne suis pas doué pour parler aux filles.

Mais avec Charlotte, je ne panique pas comme quand ça m'arrivait avec Maya. Le silence est un peu embarrassant, mais j'ai l'impression que ce n'est pas grave. Elle va bientôt partir et m'aura sans doute oublié avant d'avoir fini sa première tasse de thé en arrivant chez elle.

Quand elle dit « Bon… », je comprends qu'elle se sent aussi mal à l'aise que moi. Alors la chose à dire me vient spontanément.

– Qu'est-ce que tu as envie de faire ?

Elle me dévisage comme si elle n'avait pas compris la question.

– On devrait faire quelque chose. N'importe quoi. Ce sont tes dernières heures à Manhattan. On ne va pas passer notre soirée à attendre que nos téléphones bipent. (De toute façon, si ou quand mon téléphone bipera, ce ne sera pas la personne que je veux.)

Elle fixe le trottoir et son sourire creuse à nouveau ses fossettes. Qu'est-ce que j'ai à focaliser là-dessus ?

– Eh bien, il y aurait bien un truc…

Elle a l'air d'avoir peur de demander. « Oh merde ! elle va me demander de l'emmener à l'Empire State Building. C'est sûr. »

– Mais c'est un peu naze.

« Aucun doute, elle va me demander de l'emmener à l'Empire State Building. »

Elle me regarde, mi-gênée, mi-moqueuse. Je ne sais pas ce que c'est, mais je sens que ça pue.

– C'est cliché et ultra-cliché, tout ça, mais… je ne sais pas… c'est peut-être mon dernier jour ici, alors ce serait quand même sympa…

*

Et me voilà à la station Trente-Quatrième Rue West–Washington Square, en chemin pour, je vous laisse deviner… l'Empire State Building. Charlotte se dirige directement vers l'escalier, mais je tends la main et agrippe sa manche à pleine main pour la retenir. Je lui montre l'IFC qui se trouve en face.

– Ça te dirait d'aller voir un film ?

J'entends le désespoir dans ma voix.

Elle se tourne et me décoche un grand sourire qui dit qu'il n'en est pas question.

– Je suis en visite, ici. Tu devrais avoir envie de me montrer ce qu'il y a de plus beau dans ta ville.

– Tu ne comprends pas. Le soir de Noël, tout le monde a la même idée débile : il faut un baiser parfait au sommet de l'Empire State Building, sous la neige.

Il se pourrait que ç'ait été mon projet pour ce soir, avant l'incident de l'aéroport.

– On va faire la queue jusqu'au nouvel an.

Nous faisons un pas de côté pour laisser passer un couple d'âge moyen qui sort de la station. Ils portent des imperméables beiges assortis et marchent côte à côte. Leurs pas sont synchronisés et ils ne se parlent pas. C'est le genre de couple marié qui s'aime depuis si longtemps qu'ils n'ont pas besoin d'agenda partagé pour être en phase.

– Je suis ici depuis presque quatre mois, dit Charlotte, et j'ai passé la plupart de mon temps dans une salle de classe ou chez les Lawrence, à étudier. Je n'ai pas vu la statue de la Liberté, ni le Rockefeller Center, ni le siège de l'ONU. Il faudrait au minimum que je puisse cocher une case sur la liste des visites clichés débiles, non ?

Je n'ai pas vraiment de contre-argument à lui opposer, mais je ne peux pas non plus faire comme si j'étais enthousiaste. À ce stade, je sors mon téléphone en espérant qu'un vieux pote oublié de l'école ait répondu à mon message WhatsApp. Mais mon écran verrouillé ne contient aucune notification. Il n'y a que ma photo d'arrière-plan, le selfie que Maya m'avait fait prendre à l'aéroport le jour où elle est partie pour la fac. Je l'embrasse sur la joue et elle regarde ailleurs, comme si quelque chose, ou quelqu'un, avait attiré son attention. Bien entendu.

– Ce n'est pas comme si tu avais mieux à faire, constate Charlotte.

Sa voix est moqueuse, et le temps d'un instant, elle me renvoie un peu trop au ton condescendant que Maya employait parfois. Cette Maya qui, apparemment, n'était pas capable de m'accorder toute son attention, même quand je l'embrassais pour lui dire au revoir. J'entends que ma réponse à Charlotte est plus sèche qu'elle ne devrait l'être.

– C'est Noël. Bien sûr que personne ne *checke* son téléphone toutes les cinq minutes.

Elle soupire comme si elle était agacée. Un peu excédée. Maya aurait crié et fait mine d'être au bord des larmes.

– Oui ou non ? reprend-elle en désignant la station de métro. Oui ou non, est-ce qu'on peut aller de cette station à l'Empire State Building ?

Je ne réponds pas, mais elle voit à ma tête que la réponse est oui. Ligne F, ligne D. On peut y être dans dix minutes.

– Bon alors, étant donné qu'il se trouve qu'on marchait dans cette direction – sans but précis, on ne va pas se mentir – moi, je dis que c'est le destin. Allons-y.

J'aurais dû prendre les rênes en sortant du restau.

Charlotte m'entraîne dans la station, mais s'arrête au pied des marches. Assis là, se trouve un type dégarni et débraillé en blouson miteux, qui tient une pancarte en carton devant lui, sur laquelle il demande cinq dollars pour acheter de la pâtée pour chien, avec une flèche dirigée vers le chiot endormi, un bouledogue anglais blanc,ui est niché dans le creux de son bras. Il nous surprend à l'observer (enfin, à fixer le chiot) et se met à caresser la tête de l'animal.

– À votre bon cœur, la petiote a faim.

Je ne veux pas faire le New-Yorkais cynique devant Charlotte, mais je n'achète pas. Je lève les yeux au ciel au moment où elle s'accroupit pour caresser le chiot, qui se réveille.

– Elle s'appelle comment ? demande Charlotte.

J'essaye de trouver un moyen de l'arracher à une potentielle arnaque, mais avant de pouvoir agir, je sens vibrer mon téléphone contre ma cuisse, et ma poitrine se serre, symptôme d'une grande angoisse teintée d'espoir. C'est peut-être Maya. Si ça se trouve, elle s'est déjà lassée de l'autre et elle se dit qu'elle a fait une grave erreur.

Je dégaine mon portable et je découvre que ce n'est pas un texto, mais un message WhatsApp – peut-être de Maya quand même. Quand j'essaye de l'ouvrir, j'obtiens seulement une petite pendule qui attend. C'est comme si l'appli me disait : « Merde, il y a un message quelque part, je viens de le voir passer, mais je ne sais pas ce que j'en ai fait, je suis une quiche. » Il n'y a pas de réseau en sous-sol.

Charlotte est encore en train de caresser le chiot bien réveillé qui lui lèche la main. Le type en blouson dit qu'il ne veut pas l'emmener dans un refuge, et je sais que je ferais bien de pousser Charlotte vers le métro, même si comme activité, il n'y a pas plus pourri et touristique que l'Empire State Building. Mais…

Et si c'était Maya, pour dire qu'elle avait dégagé l'autre et que tout compte fait, elle voulait absolument que je passe Noël dans sa famille ?

Je sais que c'est une idée de merde. Et je m'en veux d'espérer que ce soit Maya. Mais je sais aussi que je ne peux pas ne pas regarder le message. Alors, pendant que Charlotte fait des papouilles au chiot, je me penche pour lui dire que je reviens et je remonte jusqu'à la rue.

Le message WhatsApp n'est pas de Maya, mais d'un certain Vinnie Zampanti, qui dit qu'il va chanter des chants de Noël dans l'East Village avec son chœur dans une vingtaine de minutes et que je suis le bienvenu, si j'ai envie de me joindre à eux. Pas besoin de savoir chanter.

« C'est qui, Vinnie Zampanti ? » Il a répondu à mon message dans le groupe, ce qui veut dire qu'il devait être dans ma classe, mais je ne le situe absolument pas. Je clique sur son nom et je vais sur son profil. Mais sa photo, c'est un morceau de gouda (ce qui n'est pas forcément bon signe).

Sérieusement, c'est qui, ce Vinnie ? Et qu'est-ce qui lui fait croire qu'on pourrait avoir envie d'aller chanter des chants de Noël dans l'East Village le 24 décembre ? Et puis finalement, je me dis que je pourrais proposer ça à Charlotte. L'ultime expérience new-yorkaise, l'activité couleur locale, un truc dans le genre. Tout pour ne pas me retrouver au dernier étage de l'Empire State Building ce soir. Je remercie donc Vinnie et j'ajoute que je vais essayer de passer. Puis je me retourne pour aller retrouver Charlotte.

Mais ce n'est pas la peine : elle est déjà en haut des marches, le bébé bouledogue anglais au bout d'une laisse.

– Tu te fous de moi ?

Je me pince l'arête du nez, comme si je faisais une crise de migraine. C'est le geste que font tous les Monteleone mâles en situation de stress. Luke imitait papa, et moi, j'imitais Luke. Jusqu'à ce que papa me dise d'arrêter d'imiter mon frère tout le temps, qu'il fallait que je sois un homme à part entière. J'avais sept ans.

– J'ai bien vu que ce type ne voulait pas que je paye à manger à son chien, dit-elle en me tendant la laisse comme si j'en voulais. Il arnaquait les voyageurs, c'est évident. J'ai vu qu'il avait un iPhone plus récent que le mien dans la poche.

– Du coup, tu as pris…

– Acheté…

– Misère !

– Cinquante dollars.

Elle jubile, comme si elle avait fait l'affaire du siècle.

– C'est un petit prix à payer pour arracher un chiot aux griffes d'un type qui, clairement, n'en avait rien à faire. Elle pourra aller dans un foyer meilleur, aimant.

– Où ? En Angleterre ? Tu veux la ramener ? Tu prends l'avion dans quelques heures, et il y a des lois. Une quarantaine, de la paperasse… Je ne sais même pas quoi d'autre !

Elle secoue la tête.

– On a toute la nuit.

Elle se met à genoux pour cajoler le chiot qui se tortille en jappant. Malgré moi, j'éprouve une furieuse envie de la prendre dans mes bras.

– Qui ne voudrait pas ramener cette petite princesse ? Ça va aller. Et puis…

Elle sort son livre, ce livre qui m'a mis dans cette mouise. Je m'aperçois d'un coup qu'il y a un chiot sur cette fichue couverture.

– Ça me fait penser à un truc.

Elle le feuillette.

– Mais oui, je me souviens d'avoir vu ce chapitre. Regarde l'étape quatre. Elle retourne le livre pour me le montrer. « Prenez soin d'un autre être pour ne pas oublier de prendre soin de vous. »

– Et donc ? On va faire tout le bouquin ?

Elle me regarde par-dessus la tête du chiot.

– Pourquoi pas ? Jusqu'à présent, ça nous a plutôt bien réussi, non ? Toutes les expériences qu'on a faites… Je voulais une histoire à raconter et je suis largement exaucée. Sans compter – elle lève le chiot en guise de preuve – qu'on réalise même des étapes sans le faire exprès. C'était peut-être notre destin.

– Bon, on se calme. C'est le moment que choisit le chiot pour se mettre à lécher mes bottes. C'est un peu dégueu, mais Charlotte est morte de rire. On n'a même pas encore fait l'étape trois !

– Y a écrit nulle part qu'on doit faire les étapes dans l'ordre.

« Qu'est-ce que tu en sais ? je me demande tandis qu'elle range le livre dans son sac sans en avoir lu plus. Tu l'as lu en diagonale. Si ça se trouve, l'étape huit, c'est traverser Times Square à reculons, les yeux fermés. »

– Tu t'y connais en chiens ? je lui demande.

– Oh oui ! me répond-elle. On a un staffie qui s'appelle Rocky. Cette petite chérie ne pourrait pas me causer plus de problèmes que lui. Maintenant, il faut lui trouver un nom ! Charlotte plaque un bisou sur la tête du chiot. Je pensais à Winny, vu qu'elle a de faux airs de Winston Churchill, mais c'est peut-être trop téléphoné. Et puis, les gens penseront peut-être que c'est un hommage à Winnie l'Ourson.

Elle me jette un autre regard jubilatoire, comme celui qu'elle affichait quand elle m'a dit qu'elle avait *seulement* payé cinquante dollars. Mais je vois bien que ce n'est pas que l'idée de s'occuper du chiot qui fait pétiller ses yeux. J'ai un éclair de lucidité. Son impulsivité, ses élucubrations… elle fait feu de tout bois pour se sortir son ex de la tête. Tant qu'elle reste en mouvement, tant qu'elle parle, tant qu'elle ne ralentit pas, elle n'aura pas le temps ni l'espace mental pour penser à lui. Elle fuit son ex, alors que moi je cours après la mienne.

Et le résultat, c'est que nous nous retrouvons tous les deux exactement au même endroit.

4. Prenez soin d'un autre être pour ne pas oublier de prendre soin de vous.

Difficile de penser à prendre soin de soi, hein ? Souvent, on se convainc que tout va bien, qu'on n'a pas besoin qu'on prenne soin de nous. Une rupture peut nous faire prendre conscience que si, on a besoin qu'on prenne soin de nous. Et au moment où ce besoin se fait sentir, on peut avoir l'impression que personne dans notre entourage n'est là. Souvent, on a la tête prise dans le tsunami émotionnel qui nous submerge et on ne sait même pas vraiment ce qu'on veut ni de quoi on a besoin. C'est là qu'il est vertueux de trouver quelqu'un qui a besoin de vous plus que vous n'avez besoin des autres.

*

Une quinzaine de minutes plus tard, je porte le chiot, qui semble particulièrement apprécier le goût de mon visage, dans le *Starbucks* à l'angle de la Deuxième Avenue et de la Neuvième Rue. Sur le trajet, Charlotte réfléchit au nouveau nom de Winny. Je propose Boulette, mais je regrette instantanément ma blague de mauvais goût, parce qu'aucun de nous n'est prêt à rire de quoi que ce soit. Mais contre toute attente, Charlotte aime bien.

– Tu le vois ? demande-t-elle.

Nous essayons de repérer Vinnie. Bon, je crois que je ne le reconnaîtrais pas, même si c'était une question de vie ou de mort. Mais les yeux de Charlotte se sont illuminés quand j'ai prononcé « chants de Noël », et je suis à peu près sûr que les miens aussi, quand j'ai compris que je n'allais pas devoir me farcir l'Empire State Building ce soir. Alors, nous voici.

Je scrute la Neuvième Rue et je repère un groupe de gens pelotonnés frileusement les uns contre les autres devant le magasin. Est-ce un chœur de chanteurs de Noël ? Aucune idée. Et je ne sais pas non plus si l'un d'entre eux est le mystérieux Vinnie. Je ne peux pas avouer à Charlotte que je ne sais pas qui je cherche, vu que j'ai fait passer Vinnie pour un bon pote. – Qu'est-ce qui m'a pris ? Du coup, je fais comme si je n'arrivais pas à m'y retrouver dans ce troupeau dense de gens en manteaux et en bonnets. En nous approchant, je me rends compte que Charlotte et moi allons faire baisser la moyenne d'âge du groupe d'au moins vingt-deux ans. Je ralentis et m'arrête à trois mètres d'eux. Boulette essaye de se libérer de mon étreinte pour aller vers ces nouvelles personnes avec qui je doute d'avoir envie de chanter. Et là, Dieu soit loué, je reconnais quelqu'un… que je ne m'attendais pas à voir dans un chœur de Noël.

– Ça roule, Frometon ? je lance à un petit mec à tête de furet qui se détache du groupe en manquant de perdre son chapeau de Noël. L'accordéon qu'il a sous le bras émet quelques couacs pendant qu'il se dirige vers nous.

– Ce n'est quand même pas son vrai nom ? marmonne Charlotte.

– Non, réponds-je.

J'avais soit oublié, soit jamais su que Frometon s'appelait en fait Vinnie Zampanti. Il avait changé de lycée pour la dernière année, ce qui aurait dû le disqualifier pour le groupe WhatsApp.

– On l'avait surnommé comme ça parce qu'il était accro au gouda.

– T'es là, La Fourmi !

Et maintenant, Frometon – Vinnie – me serre fort dans ses bras, à en faire tomber son accordéon, et mon cerveau libère un flot de souvenirs. Je me souviens que Vinnie Zampanti était le gosse décalé de la classe. Il m'appelle La Fourmi depuis les scouts. J'ai toujours détesté ce surnom.

– Content de te voir, mon gars !

– Oui, oui, dis-je en essayant de ne pas me laisser distraire par le souvenir de ma cousine Marie qui m'avait raconté qu'en quatrième, Frometon avait essayé de la séduire en lui chantant… En fait, Marie n'a jamais su quoi, parce qu'elle n'entendait pas sa voix par-dessus l'accordéon. « Si j'avais su que c'était lui qui avait répondu au message… »

– Bon allez, on est partis !

Une des femmes du groupe – la cinquantaine, petite, trapue, autoritaire – s'approche de la rue en rassemblant tout le monde autour d'elle.

– On va commencer par la Neuvième Rue, direction ouest. J'espère que vous avez tous vos partitions et que vous vous rappelez vos… Vous êtes ?

Elle regarde vers Charlotte et moi.

– Non, non, c'est bon, Gladys. Frometon me tape l'épaule si fort que je manque de faire tomber Boulette, qui aboie en signe de protestation. C'est un pote d'enfance. Une des plus belles voix que je connaisse.

Je commence à croire que Frometon m'a confondu avec une autre Fourmi. Moi, je ne chante pas. Mais Gladys demande à Frometon quelle voix je suis. Il dit que je suis basse et que Charlotte est *mezzo-soprano* ou un truc dans le genre. Gladys a l'air satisfaite et fait passer le groupe devant nous, direction la Neuvième Rue, en exprimant son grand soulagement, parce qu'ils n'avaient ni basse ni *mezzo*.

Je laisse le groupe s'éloigner, avant de suivre. Je me tourne vers Frometon, qui se trouve à ma gauche. Charlotte est à ma droite.

– Qu'est-ce qui vient de se passer ?

Frometon me décoche un large sourire. Il ressemble trop à un furet, c'est déstabilisant.

– T'inquiète. Reste derrière les autres et chante en playback.

Il passe son bras libre autour de moi, comme si on était de vieux potes. Boulette le renifle deux ou trois fois avant de s'en détourner. Clairement, on ne la nourrira jamais avec du fromage, celle-là.

– Je suis content de te voir, mec. Mais pour être franc, je… Il jette un regard à ma gauche. Je suis un peu déçu que tu sois venu avec ta nouvelle meuf.

Je suis sur le point de demander pourquoi, mais Charlotte est plus rapide.

– En fait, je ne suis là que parce que mon vol a été annulé.

Chaque fois que Frometon sourit, je regrette un peu plus d'être venu… et d'avoir envoyé le message au groupe.

– Qu'est-ce que tu fais dans un chœur, d'abord ? On dirait que c'est une bande de mémés, quelques mamans et toi. Je fais un tour d'horizon rapide. T'es le seul mec, ici.

– Bien vu. Frometon ne se contente pas d'afficher son sourire de furet, il hoche aussi la tête au ralenti. C'est absolument génial, mec. Je suis la biche consentante qui entre dans la harde.

Charlotte pousse un cri de dégoût.

– C'est censé vouloir dire quoi, ça ?

– C'est toutes des cougars, répond Frometon. Et moi, je suis la proie qui les supplie de la dévorer toute crue.

Devant nous, le groupe entame sa traversée de la Première Avenue et l'une des femmes, qui doit être plus âgée que ma mère, se retourne en envoyant un baiser à Frometon. Il lui en souffle un. Je fais tout pour empêcher ma tête d'imaginer ce qui pourrait se passer après le porte-à-porte. On traverse la Première Avenue et Gladys fait une halte devant la première maison. Elle ordonne à quelqu'un de sonner, et lorsqu'un vieux en pull rouge et noir ouvre la porte, elle se tourne vers nous. Elle regarde Frometon, pour s'assurer qu'il est prêt, puis elle lève les bras et se prépare à nous donner le tempo pour je ne sais quel chant de Noël. Personne ne nous a donné de partition !

« Les anges dans nos campagnes ont entonné l'hymne des cieux… »

« Ah ! je la connais, celle-là, me dis-je. On la chantait au collège. » Je remue vaguement les lèvres au rythme de la mélodie pour donner l'impression que je chante, en espérant que les paroles vont me revenir, mais non. Je suis sûr qu'il y a un « gloria » à un moment donné. C'est possible qu'il y ait aussi une histoire de libérateur d'Israël.

Je me tourne vers Charlotte, qui chante (c'est très mélodieux, d'ailleurs) en me jetant un regard chargé de « sérieusement ? ». C'est bon, ce n'est pas l'hymne national, non plus.

Je sais que « *in excelsis Deo* », c'est la fin du couplet. Alors pendant que les chanteurs respirent et que Frometon casse les oreilles de toute cette portion de la Neuvième Rue avec son solo à l'accordéon qui ne figure sûrement pas dans la version traditionnelle, j'essaye à nouveau de me rappeler la suite. Et puis finalement, je me dis merde ! je vais inventer mes propres paroles et faire confiance aux autres pour couvrir ma voix :

« Ils annoncent la naissance du petit Jésus, fils de Joseph… »

Ce serait passé crème, si les autres avaient chanté. Mais je suivais mon souvenir de la mélodie et pas la direction de Gladys. Énorme gaffe, puisque Frometon était encore en plein solo. Résultat, on a juste entendu ma voix pas basse qui massacrait un standard de Noël. Boulette se tortille dans mes bras en hurlant, pour chanter ou protester, je ne sais pas trop. Et même Frometon arrête de jouer pour m'observer.

J'ai l'impression d'être à la fois un naze et une ordure. Et puis, Charlotte pouffe en enfouissant son visage dans l'écharpe que je lui ai achetée.

D'un coup, toute la gêne s'évapore.

Gladys se tourne vers le vieux à sa porte et s'excuse.

– On a quelques nouveaux dans le chœur, explique-t-elle avant de nous lancer un regard noir, à Charlotte et à moi. Ils ont beaucoup à apprendre.

Le vieux retourne à l'intérieur et ferme la porte, tandis que le chœur des cougars redescend les marches pour nous rejoindre. On commence à se faire engueuler. Quelqu'un nous accuse même d'avoir « saboté Noël ». Et puis l'accordéon de Frometon se met à siffler et à geindre, et il s'interpose entre les harpies et nous.

– Eh, eh, eh, tout doux, mes beautés ! Il brasse l'air de ses mains aplaties, comme pour leur dire de s'asseoir. Détendez-vous, ne vous fâchez pas. Ces deux-là sont des amis à moi.

Ils n'ont pas pensé à mal, ils voulaient seulement participer à la fête, c'est tout. Ils s'excusent.

Il me regarde en détournant le visage du groupe, pour bien me faire comprendre que c'est important.

« Me fous pas dans la merde, mec. »

– Pas vrai, La Fourmi ?

– Bien sûr, dis-je en changeant Boulette de bras (elle commence à peser son poids), je me suis un peu emballé avec l'esprit de Noël. Je suis vraiment désolé.

Gladys n'a pas l'air de décolérer, mais elle hoche la tête.

– J'accepte vos excuses. Mais c'est un chœur semi-professionnel. On ne peut pas inclure n'importe qui, il faut qu'on soit sélectifs.

Charlotte s'esclaffe.

– Et vous, il est où votre esprit de Noël ?

– Bon, allez, dis-je en m'emparant de la main de Charlotte et en l'attirant dans la Neuvième Rue. On va s'arrêter là, viens, on se tire.

Charlotte marche à côté de moi tandis que dans mes bras, Boulette se contorsionne pour essayer de lui mordiller les cheveux.

– J'ai bien peur qu'on ne soit pas encore prêts à créer notre chorale.

Derrière moi, j'entends grogner certaines des chanteuses quand Frometon leur dit qu'il les retrouvera sur la Dixième Rue, le temps de prendre un café avec ses potes.

Oh, merde ! c'est de nous qu'il parle.

*

Et voilà comment je me suis retrouvé dans un rade qui s'appelle Evening Joe's à boire un café avec Frometon. Au début, ils n'étaient pas sûrs de vouloir nous laisser entrer avec Boulette, mais Charlotte leur a raconté tout ce qui lui était arrivé aujourd'hui, et que ce soit lié à ses malheurs ou à son accent britannique (je vous le jure, elle nous a fait du grand *Downton Abbey*), le fait est qu'ils ont cédé en nous demandant simplement d'empêcher le chiot de faire n'importe quoi. Et de pisser par terre.

– Faut pas faire attention à Gladys.

Frometon soulève sa tasse et aspire bruyamment son café avant de la reposer en faisant claquer bruyamment la porcelaine sur la table. Ça peut très vite devenir agaçant.

Elle est un peu lourdingue, l'étape trois.

– Elle veut juste tout maîtriser.

Ensuite, il fait un truc bizarre avec ses sourcils. Il en remue un, puis l'autre, et il leur fait faire comme des chenilles qui imitent des vers de terre. Je me rappelle très bien pourquoi je ne suis jamais devenu pote avec lui au lycée.

– Tu peux me croire.

Boulette dans les bras, Charlotte fait de son mieux pour ne pas montrer que toute son attention est focalisée sur les sourcils de Frometon.

– C'est quoi, un chœur semi-professionnel, en fait ?

Frometon avoue qu'il ne sait pas trop.

– Une fois, on nous a filé cinquante dollars pour chanter dans une maison de retraite.

J'essaye de ne pas éclater de rire, mais heureusement, Frometon change de sujet. Il me dit qu'il a pris quelques mois de césure à Fordham.

– T'es toujours à Columbia ?

Je hoche la tête.

– Tu fais de l'anglais, c'est ça ?

Je hoche à nouveau la tête.

Charlotte a l'air étonnée, peut-être même choquée.

– Tu ne m'avais pas dit que tu étais à Columbia, interrompt-elle.

Je hausse les épaules.

– On n'a pas eu l'occasion d'en parler.

Elle soutient mon regard pendant une longue, très longue seconde, et je donnerais cher pour savoir à quoi elle pense. On sera dans la même fac, si elle revient. Elle trouve ça bien ou pas bien ?

Et moi, je trouve ça bien ou pas bien ?

Charlotte me tend Boulette et dit qu'elle va revenir tout de suite. Elle se lève pour aller aux toilettes.

Frometon la regarde partir, puis se tourne vers moi. Sur son visage, il y a écrit « Pas mal… »

– Faut que je te dise, frérot. Je suis déçu que tu ne sois pas venu avec ta copine précédente. Elle était grave canon.

Je repense à notre année de première, quand Frometon et moi, on était dans la même classe. Je n'avais pas de copine cette année-là, en dehors de…

– Tu parles de Tammy ? On est allés, genre, deux fois au ciné.

– Non, *man*, la blonde. Comment elle s'appelle, déjà ?

– Maya.

Je plante mon regard dans le sien. « Attends un peu… »

– Comment tu connais Maya ?

– Elle était sur tous tes Insta, frérot. Tu postais que des selfies avec cette meuf.

Il faut que je passe mon Instagram en mode privé.

Frometon n'a pas terminé.

– Je regrette juste que tu n'aies pas posté des photos de plage ou, genre, en petite tenue. C'est officiellement un gros *fail* pour les potes, frérot. Et puis sérieux, qu'est-ce que t'as foutu ? Pourquoi tu l'as laissée t'échapper ? T'es con ou quoi ? C'est pas juste que t'étais pas à la hauteur : t'étais comme le joueur amateur qui traîne chez les Mets et qui a l'autorisation hallucinante de porter leur maillot, et même parfois, d'aller sur le terrain.

Boulette geint et se love dans le creux de mon bras, comme si elle arrivait à sentir la colère qui bouillonne en moi. Je garde les yeux rivés sur la table, tout en écoutant Frometon qui boit son café. L'étape trois pour essayer d'oublier Maya m'a mené à un connard de chasseur de cougars qui ne veut parler que d'elle.

Et je me demande si ma rage provient du fait qu'il n'a pas tort. Que j'ai passé une grande partie de ma relation avec Maya – si tant est qu'on puisse dire « avec » en parlant de notre relation à distance – à me convaincre que j'avais de la chance.

Je vide ce qui reste de ma tasse de café. Je ne vais pas traîner ici. Charlotte revient des toilettes et en voyant ma mine, elle a un mouvement de recul. Je secoue légèrement la tête. « Ça va, mais on se tire. »

Je demande l'addition en ignorant Frometon, comme si je ne l'entendais pas me parler, ni me demander le numéro de Maya. Je paye la note, y compris son café, je tends son tote-bag à Charlotte et je jette mon sac à dos par-dessus mon épaule.

– Retourne au mémé-sitting, Frometon.

– J'ai dit quelque chose ? s'étonne-t-il en commençant à se lever.

Je pose une main sur son épaule et il se rassied. C'est peut-être un baltringue, mais au moins, il sent que je suis fâché contre lui. Je me retourne, je tends la laisse de Boulette à Charlotte et nous ressortons dans la Neuvième Rue, direction la Deuxième Avenue.

– Qu'est-ce qui s'est passé ? demande-t-elle.

– J'ai juste compris qu'il y a des gens qu'il vaut mieux laisser derrière soi, je réponds.

Nous faisons une halte au croisement de la Deuxième Avenue. Charlotte est accaparée par Boulette, qui se tortille dans tous les sens, comme si elle voulait s'échapper.

– Houla ! je crois que la petite a besoin de faire pipi.

J'essaye de prévenir Charlotte que nous risquons une amende de cent dollars si Boulette s'avise de mettre en pratique des idées plus dégueus. Nous traversons la Deuxième Avenue et amenons Boulette jusqu'au pied d'un arbre, où elle exécute une petite commission – c'est tout, heureusement – sur la terre.

Lorsque Charlotte se met à encourager et à féliciter le chiot, je décroche un petit peu. D'un coup, je me sens nauséeux, et pas seulement à cause de l'odeur qui se dégage de la terre. Frometon est un type curieux, franchement chelou, mais malgré tout, je me prends à être d'accord avec lui : j'ai été con de laisser Maya s'échapper.

« Sauf que tu ne l'as pas laissée s'échapper, c'est elle qui est partie. En courant. Le soir de Noël, en plus. C'est pire que tout. Elle ne va pas me manquer. »

J'aimerais tellement être en phase avec cette pensée !

– Bon.

Charlotte retourne sur la Neuvième Rue avec Boulette.

Je lui donne un petit coup de coude.

– Ça veut dire qu'on est bons pour l'étape quatre ? On l'a sauvée de la station de métro et on lui a fait faire pipi. On a pris soin d'elle, non ?

Elle me lance le même regard jubilatoire que lorsqu'elle a secouru Boulette. Quand *nous* l'avons secourue.

– Allez vas-y, on coche la quatrième étape.

Je lui rends son sourire. L'espace d'un instant, nos bras s'entrechoquent et nous sommes un peu plus que deux étrangers qui ont du temps à tuer à New York.

C'est alors que le téléphone de Charlotte bipe. Elle sursaute de surprise et s'éloigne de moi. Elle s'excuse et sort le portable de son tote-bag. Elle fait une tête mi-étonnée mi-inquiète.

– C'est une fille, Katie, qui répond au message que j'ai envoyé tout à l'heure, explique-t-elle. Elle était au lycée avec moi. Elle organise une soirée chez sa cousine à Manhattan ce soir et nous propose d'y aller.

Elle me regarde en me jaugeant. Une soirée lycée, ça m'emballe moyennement, mais je n'ai pas envie de la décevoir, non plus (déjà que je ne l'ai pas emmenée à l'Empire State Building). Je désigne le tote-bag.

– Ça peut nous faire une étape ?

Charlotte sort le cahier et le feuillette entièrement. Dans les deux sens. Elle s'arrête sur un chapitre au milieu.

– L'étape six. On reviendra plus tard à la cinq. « Passez vingt-quatre heures sans parler de votre ex. »

Elle me regarde et hausse les épaules.

– Je serai repartie avant, donc… On peut essayer de tenir jusqu'à la fin de la soirée ? On verra si on y arrive…

On dirait que je suis condamné à aller à cette soirée. Même si je préférerais n'importe quoi d'autre – je serais prêt à ravaler ma fierté, rentrer chez moi et raconter ce qui s'est passé à ma famille, qu'on en finisse –, j'éprouve le besoin de veiller sur Charlotte.

Et puis, Boulette me lèche encore les bottes (Mais qu'est-ce que je vais faire de ce clébard ?).

Quand je réponds, je comprends qu'il n'y a jamais eu de doute dans son esprit.

– Elle est où, cette soirée ?

Chapitre 5

Charlotte

6. Passez vingt-quatre heures sans parler de votre ex.

Nous connaissons tous la puissance des mots. Mais les noms sont encore plus puissants. Pour mettre de la distance entre votre ex et vous-même, il faut affaiblir cette puissance. Et le seul moyen d'y arriver, c'est par le silence.

20 h 30

– Eh, j'avais que six ans !

Je rougis en voyant Anthony se mettre la main sur la bouche pour s'empêcher de rire. Je viens de lui avouer que j'avais baptisé mon premier chat Hagrid parce que j'étais fan de Harry Potter et que le chat en question était gros et plein de poils. N'importe quel enfant de six ans aurait pensé à Hagrid !

– Ça se faisait beaucoup, à l'époque, de donner un nom de personnage de Harry Potter à son animal domestique, je bredouille a

Trois personnes montent, dont un type en gilet noir qui a l'air, lui aussi, de venir de Williamsburg. Il a la mauvaise idée de s'asseoir en face de Boulette, qui se contorsionne dans mes bras et grogne – décidément, ce chiot a une dent contre les hipsters !

Je caresse la tête de la chienne en chuchotant pour la rassurer. Elle s'apaise. À côté de moi, Anthony tend le bras pour la gratouiller derrière l'oreille.

– Tu as bien réussi à la calmer, dit-il.

– J'ai l'habitude d'amadouer les chiens, je lui explique. Mon chien Rocky déteste tous les hommes, sauf mon père.

– Tu es sérieuse ?

Je hoche la tête.

– C'est un vrai problème. On le promène dans le parc à côté de la maison, mais d'abord, ma sœur Jessica doit aller faire un tour de reconnaissance pour s'assurer qu'il n'y a pas de mecs. On pense qu'il fait une allergie au chromosome Y.

– Ou peut-être qu'il se méfie des gens qui ne font pas partie de la famille ? Qu'il se dit qu'ils cherchent peut-être à s'incruster dans le giron ? Que ce sont des concurrents potentiels ?

Je ne réponds pas, parce que la seule chose qui me vient à l'esprit, c'est que je regrette de ne pas pouvoir ramener Colin à Londres, pour que Rocky l'attaque. Mais si je dis ça, alors j'aurai échoué à l'étape six révisée et raccourcie : avoir des conversations normales sans évoquer nos ex, jusqu'à ce que nous soyons sortis de la soirée de Katie à laquelle nous sommes en train de nous rendre.

Anthony a suggéré que nous nous entraînions. C'est lui qui a commencé. Au début, il n'avait pas vraiment d'idées de conversation, mais quand Boulette m'a léché le visage et que j'ai rigolé, il m'a demandé de lui parler des animaux que j'avais eus par le passé. Ce n'était pas la conversation du siècle, mais ça nous a lancés.

Et puis, j'ai fini par penser à Colin malgré tout. Et même si je ne parlais pas de lui, je pensais tout le temps à ne pas parler de lui, ce qui veut dire qu'il prenait de la place dans ma tête. Je ne suis pas sûre que ce soit le but de l'étape.

Maintenant, c'est à moi de lancer un sujet. Il nous reste dix ou onze arrêts jusqu'à la Cent Seizième Rue, où nous devons descendre. Je lui demande quel est son sport préféré. Vu que c'est un mec, il doit bien avoir une réponse. Mais il me dit qu'il n'est pas très fan de sport (ça me fait un peu plaisir d'apprendre ça, quand même). Je lui demande quel est son film préféré, et sans surprise, il répond *Inception.* En revanche, mes questions s'arrêtent là. Et nous venons seulement de passer la Cinquantième Rue. Nous nous concentrons tous les deux sur nos pieds, à court de sujets de conversation. Au moment où je me console en me disant que nous avions quand même bien tenu jusque-là, Anthony pose une question surprenante.

– Tu crois aux réalités parallèles ?

Il aurait pu me parler chinois, tellement ça me passe au-dessus du cigare. Il sourit et dit que *Inception* l'a fait réfléchir.

– Pourquoi ? je demande. C'est un film qui parle de rêves, pas de réalités parallèles.

– Oui, c'est vrai. Mais ça parle du subconscient, et c'est un univers qui m'a toujours fasciné. Ça t'arrive souvent de rêver de gens que tu côtoies au quotidien, toi ? On pourrait s'attendre à ce que ce soit eux, les « stars » des films qu'on se projette dans notre tête la nuit, mais en fait, c'est assez rare. La plupart du temps, on est avec une bande d'inconnus qu'on n'a jamais vus, qui ne ressemblent à personne de notre entourage. Mais malgré tout, on a toujours l'impression qu'ils nous sont familiers. On n'a jamais besoin d'un (il prend une voix très grave) d'un « Précédemment, dans le subconscient de Charlotte » pour savoir qui est qui et ce qui se passe. Dans nos rêves, on sait toujours, non ?

– C'est pas faux, j'imagine, dis-je en haussant les épaules. Boulette grogne quand je la change maladroitement de position, comme pour me rappeler qui est vraiment la patronne. Alors tu en déduis que dans nos rêves, on voyage dans d'autres dimensions ?

Il hausse les épaules à son tour et ses joues se colorent légèrement, comme s'il se sentait un peu bête d'avoir abordé un sujet aussi… azimuté. Je fais de mon mieux pour maintenir une expression ouverte et encourageante, pour qu'il sache qu'il peut me parler de tout. Mais je crains que mon petit sourire ne soit perçu comme de la moquerie.

– Il y a forcément une explication, dit-il. Pourquoi tout nous semble aussi familier quand on rêve ? Je ne sais pas, peut-être que je débloque.

Sa mâchoire se crispe et il regarde ailleurs. Je note malgré moi une différence entre Colin et lui : Anthony a l'air de s'intéresser à ce que je pense de lui, et ça me plaît. Je lui donne un coup de coude et je le relance.

– Continue.

Il ferme les yeux et secoue doucement la tête, comme pour dire : « Je n'en reviens pas que je vais vraiment parler de ça. »

– Ce n'est pas un voyage, bien sûr. On ne va jamais quelque part. Mais quand je me réveille, je me demande toujours : « Et si, dans mon rêve, j'étais dans la peau d'un moi alternatif ? » Je vis peut-être sa vie pendant un moment ? Parce qu'on ne rêve jamais qu'on est quelqu'un d'autre ; il doit y avoir une raison à ça, non ? On est toujours soi-même, c'est le contexte qui change autour de nous. Il n'y a pas de restriction sur les sujets dont on peut rêver, mais ce que notre esprit ne nous laisse jamais avoir, c'est une nouvelle identité. Pourquoi notre subconscient ne pourrait pas nous changer en quelqu'un d'autre, en quelqu'un de meilleur ?

Je prends conscience que je suis en train de l'observer, et j'espère seulement que mon expression ne trahit pas la question que j'ai peur de lui poser : c'est ce qu'il voudrait ? Être quelqu'un d'autre ?

Au lieu de ça, je concède.

– Euh… bon, d'accord. Partons du principe que c'est ça, les rêves. Ça voudrait donc dire que l'autre soi-même rêve de nous quand il ou elle dort, non ?

Il éclate de rire et regarde ses pieds. J'ai peur qu'il ait bientôt l'air d'avoir pris un coup de soleil sur les joues.

– Laisse tomber, tout ça, c'est des baloches de têtard. Je l'ai bien placé ?

Je ne compte pas le laisser changer de sujet.

– Tu me fais penser à un truc. Ce qui me dérange, et ça m'arrive tous les jours, c'est genre, je descends à la cuisine pour aller chercher quelque chose, et le temps que j'arrive, j'ai oublié ce que c'était.

Il approuve d'un signe de la tête.

– Et tu as l'impression que…

– Que je viens de me réveiller ou un truc du genre. Alors, en t'écoutant, je me demande si ce ne serait pas le même processus ? S'il n'y a pas un autre moi-même quelque part…

Je tends la main vers un point qui est censé représenter une autre dimension, sauf qu'en fait, c'est le frimster de Williamsburg en gilet noir assis en face de nous, qui fait mine de ne pas du tout être pendu à nos lèvres.

– Un moi-même réveillé, et que c'est cette faille temporelle qui me fait oublier ce que je fais là… Je préfère de loin cette explication-là à celle où je perds la boule à dix-sept ans.

Il me sourit simplement, le rouge disparaît de ses joues. Je maintiens mon regard rivé sur le sien, pour qu'il reste impliqué dans la conversation et que son attention ne se reporte pas sur Maya. Après tout, c'est tout l'intérêt de cette escapade.

D'un coup, nous sommes à l'arrêt Cent Seizième Rue-Université de Columbia. Nous descendons du métro et sortons de la station, direction l'Upper West Side, à l'adresse que Katie m'a donnée, où est organisée la soirée. Je reste près d'Anthony et je le laisse me guider. Ça m'évite de trop lever les yeux…

Et de fouiller du regard le campus en pensant à ce qui pourrait être ma vie…

Ou pas.

*

Après plusieurs coups de sonnette et un SOS envoyé à Katie par WhatsApp, on finit par réussir à monter. Je pousse Anthony dans l'ascenseur qui nous amène au quatrième étage d'un immeuble huppé. Je suppose que c'est à moi de passer devant, vu que je suis la seule à connaître du monde, ici. L'ascenseur nous libère. La porte de l'appartement 5B est ouverte et nous entendons les invités papoter sur un fond de musique indie – *what else?* Boulette me donne des coups de pattes, comme si elle voulait s'échapper. Je la rassure : on ne va pas rester longtemps. Nous débarquons dans une ambiance tout droit sortie d'une affiche pour une hypothétique fusion entre J. Crew et Hollister.

Autour de nous, il n'y a que des chemises oxford amidonnées, des pulls en pure laine vierge et des robes de soirée. Nous sommes au pays du bon chic bon genre ! L'attroupement autour de la porte d'entrée rend l'accès, avec mon tote-bag et le sac à dos d'Anthony, un peu complexe.

– Oh, mon diable !

La voix de Katie passe au-dessus de la musique et du brouhaha, comme un *fry* puissant qui appelle à l'obéissance. Le groupe agglutiné autour de la porte d'entrée se disperse toute suite comme une volée de moineaux. Katie apparaît au bout du couloir, debout dans la cuisine, où placards et plans de travail gravitent autour d'un bar en granite noir. Son regard se fige en voyant Boulette, et je suis traversée par un petit vent de panique. Suis-je en infraction d'un code social en amenant un bouledogue anglais à une soirée cool ? Mais Katie sort de la cuisine, les bras grand ouverts, comme si elle voulait embrasser Boulette. Je suis sur le point de lui confier le chiot, quand elle se jette sur moi.

– Laisse-moi te voir à la lumière, crie-t-elle en m'attirant dans la cuisine. Elle me tient à bout de bras et me dévisage de haut en bas. J'adore ton nouveau look, Lottie ! (Elle m'a affublée de ce surnom le jour de mon arrivée au lycée de Sacred Heart. Je l'ai détesté dès le lendemain.)

– J'avais envie de changement, lui réponds-je en câlinant Boulette. La voix de Katie a l'air de stresser la chienne. Peut-être qu'elle se calmera si je continue de parler. Merci de m'avoir invitée. Les fiestas la veille de Noël, ça ne se fait pas trop en Angleterre. C'est typiquement américain ?

Katie hausse les épaules.

– Pas spécialement. Je viens d'une famille juive, alors on ne fait pas grand-chose à Noël. C'est l'appart de ma cousine, ici, et elle est partie en vacances.

– Me dis pas qu'elle n'est pas au courant !

Le rire de Katie est un pur gloussement.

– Mais non, banane ! Je suis un peu rebelle, mais pas à ce point. Naomi est toujours d'accord pour qu'on organise des soirées quand elle n'est pas là. Pour elle, c'est une façon de vivre en avance rapide.

– Ça veut dire quoi ?

Elle fronce le nez et secoue légèrement la tête.

– J'en ai aucune idée. Mais on s'en fout, on a un lieu gratos pour faire la fête. À propos, ça te dirait de goûter au jus de pomme frelaté préparé par ma pote Harriet ?

Sans attendre ma réponse, Katie prend un gobelet rouge sur le bar et me le tend. Je l'attrape et me retourne pour le proposer à Anthony…

Mais il n'est plus avec moi. La surprise doit se lire sur mon visage, parce que Katie m'indique le salon.

– Je crois que je l'ai vu se faire embarquer.

Je me fraye un chemin derrière le couple gay qui se bécote sous le gui accroché au-dessus de la porte de la cuisine. En passant, j'évite de croiser le regard d'un athlète que je crois reconnaître de mes cours de biologie. Je suis tentée de me servir de Boulette comme bouclier, au cas où il aurait des idées de rapprochement… mais tout bien considéré, c'est monstrueux d'envisager de profiter d'un pauvre chiot sans défense.

En arrivant dans le salon, je manque d'étouffer. L'air est humide, chargé de la moiteur des corps, en plus des vapeurs d'alcool renversé. Je cherche Anthony dans la foule et je le repère dans un coin, près d'une télé d'une taille obscène, qui diffuse un épisode de *The Big Bang Theory* sans le son.

Katie avait raison, il s'était bien fait embarquer. Il parle à deux filles en chemise en flanelle et jean très sympa ; une infraction au *dress-code* robe de soirée qui les rend a priori plutôt sympathiques à mes yeux. Je les vois de dos, alors je ne sais pas si elles étaient dans mon lycée. Mais ce qui est clair, c'est qu'elles ont un numéro de drague bien huilé. Celle qui se trouve à ma gauche, à la droite d'Anthony, tripote délicatement ses nattes, comme si elle jouait de la flûte. L'autre, à la gauche d'Anthony, a les mains posées sur les hanches et le regarde avec intensité, sans bouger d'un millimètre. Elle est comme un mannequin avec un teint éclatant.

– Ce n'est pas possible que tu sois de Bensonhurst, dit le mannequin en tapant le bras d'Anthony comme si elle le grondait parce qu'il avait menti.

Anthony sourit et regarde ses pieds. Je n'arrive pas à voir s'il est gêné ou s'il s'amuse. Ni à savoir si le pincement que je ressens au fond de moi est vraiment de la jalousie.

Mais je me raisonne. C'est bien, il a besoin de se remettre de sa rupture. Sauf que le mannequin, c'est un peu Maya II, le retour, alors je me prépare à partir à sa rescousse.

– Si, je vous jure, leur dit-il. Et je vais vous le prouver. Écoutez.

Il profère des sons qui sont peut-être des mots, mais je n'en suis pas certaine. Tout ce que j'arrive à capter, c'est « yo ».

Les deux filles éclatent de rire, elles. Maya II dit qu'elle adore les accents et que celui d'Anthony, c'est « vraiment, genre, un vrai, tu vois ? ».

– Oui, mais quand même, dit la tripoteuse de nattes, je n'ai jamais rencontré de mec de Bensonhurst qui s'habille comme toi.

– J'aime bien. Maya II lui tape à nouveau le bras – ce n'est pas du tout lourdingue… Le gars de Brooklyn qui met un pied chez les bourges. À la fois voyou et bourge. Puis, elle pousse un cri et arrête de se balancer. *Voy-ourge !*

La tripoteuse de nattes se pâme.

– Je kiiiiffe trop ! Non ?

Anthony leur sourit.

– Non, mais vous avez raison, je ne parle pas vraiment avec cet accent. N'empêche, je vous promets que je suis de Bensonhurst. C'est alors qu'il me remarque. Tiens, vous voulez entendre un vrai accent ? Écoutez ça. Charlotte !

Il me fait signe d'approcher et quelque chose dans les yeux des filles me fait hésiter. J'y vais quand même.

– Elle, c'est Bianca. Il montre la tripoteuse de nattes, puis Maya II, le retour. Et Ashley.

Les deux filles me dévisagent de la tête aux pieds pendant la seconde et demie qu'elles passent à ne pas reluquer Anthony. Apparemment, elles en concluent que je ne représente pas une menace. Ça m'énerve et ça me déçoit en même temps.

– Dis quelque chose.

Anthony me regarde, mais il a la même expression que moi quand je dis à mon chien Rocky de montrer aux gens qu'il sait faire oui et non de la tête.

– Tu veux que je dise quoi ? je demande.

La seule réponse que j'ai, c'est trois Américains qui me renvoient un écho déformé de ce que je viens de dire.

Ils sont tous les trois très contents de leur imitation pourrie et ça me fait regretter d'avoir été prise à la fac. Si c'est à ce genre de débilité que je vais être confrontée l'année prochaine…

Anthony arrête de rire, le temps de prendre Boulette dans ses bras.

– Je te débarrasse, pour que tu boives tranquillement ton verre ?

Dès que Boulette est dans les bras d'Anthony, Bianca et Ashley se mettent à roucouler, mais moins à cause du chiot qui incarne la mignonnitude à l'état brut, que parce que Anthony est « trop chou » avec le chiot dans les bras. Elles se contrefichaient de l'animal quand c'était moi qui le portais.

Je ne peux pas m'empêcher de remarquer qu'Anthony n'a pas arrêté de sourire depuis que je suis arrivée dans le salon. C'est sans doute l'effet Bianca et Ashley. Pendant une seconde, je me retiens de lui arracher Boulette. C'est tout ce qu'il lui faut ? Une paire de canons qui sourient à pleines dents et battent des cils, et d'un coup, son cœur n'est plus brisé ? A-t-il seulement eu le cœur brisé ? Ou suis-je la seule à éprouver un sentiment véritable ?

Sauf que c'était justement ça, le but : qu'il ne pense pas à Maya. Et ça a l'air de fonctionner.

Bianca montre Anthony, puis moi, puis de nouveau lui.

– Alors c'est quoi, ça ? C'est ta copine ?

– Non, répond Anthony – un peu trop vite. Un peu trop fort.

– Je vais aller parler à quelques filles de Sacred Heart, je lui dis. T'es d'accord pour garder Boulette ?

Sans attendre qu'il réponde, je tourne les talons et me dirige vers la porte du salon. Et puis, je m'arrête net. D'un coup, j'ai l'impression d'avoir des pieds de plomb et le coeur qui se débat pour s'échapper de ma poitrine, en battant la mesure d'un rythme électro. Je suis au bord de l'évanouissement, les yeux braqués sur un garçon dégingandé et très pâle, vêtu d'un gilet noir sur un t-shirt blanc à l'effigie d'un groupe qui s'appelle The National, qui se trouve dans l'encadrement de la porte entre le salon et la cuisine.

Mon ex, Colin. Il est ici. Ça va être compliqué, l'étape six !

– Ça va, Charlotte ?

Anthony s'arrache à Bianca et Ashley pour essayer de comprendre ce qui m'arrive.

Je me tourne vers lui en espérant que mon sourire de façade couvrira la grimace que je sens tirer sur mes joues. Je ne dois pas être très loin de la *sou-mace.*

– Oui, super. Je cherche juste une stratégie pour me faufiler par la porte malgré tous ces gens. Ils sont très nombreux. Ça va être très serré, et je risque de renverser mon verre.

Me voilà repartie à parler pour ne rien dire.

Il me regarde d'un air dubitatif, mais Bianca et Ashley ont convergé sur Boulette et je ne voudrais pas le distraire de son occupation. Il avance ; on lui sort son ex de la tête au forceps, et ça, c'est super.

Mais Anthony, ce saint, ignore les deux canons pour se focaliser entièrement sur moi. Il me jette un regard qui me demande si je suis sûre que ça va. Je lui offre mon plus beau rictus « oui, super », alors que je sais très bien que si mon expression était sous-titrée, il y aurait écrit : « Euh ! non, ça va pas du tout. Colin, le sale con que je cherche à oublier en passant la soirée ici sans parler de lui, est là. Oui, bien sûr, c'est celui qui porte le jean *skinny.* Comment tu as deviné ? Je flippe de ouf et je n'ai qu'une envie, me tirer dans la seconde, mais je vois bien que tu t'amuses, et je ne sais pas pourquoi, mais ça ne me plaît pas.

Ça fait beaucoup d'émotions qui débordent et je ne sais pas si c'est mon cœur ou ma tête qui va exploser en premier ! »

J'hallucine. Même dans ma tête, je parle pour ne rien dire.

Mais je ne lui dis rien de tout ça ; je maintiens mon expression, hoche la tête et me dirige à nouveau vers la porte. Colin est parti ailleurs. Je me fraye un chemin vers la cuisine. Par chance, Colin n'y est pas non plus. Il a dû se mêler au groupe de la porte d'entrée. Je laisse mon verre auquel je n'ai pas touché sur le bar et je m'allonge à moitié sur le plan de travail du fond de la pièce pour essayer de recouvrer mes esprits. Maintenant que mes émotions me submergent, je me rends compte que j'allais plutôt bien, ces dernières heures. La technique de la distraction fonctionnait à peu près. Mais ça ne risque pas de durer s'il se trouve physiquement dans le même espace que moi.

Qu'est-ce qu'il fait là, d'abord ? Cette soirée est beaucoup trop mainstream pour lui. J'entends un morceau de James Bay dans le salon, le genre de son qui donne des boutons à Colin. Et puis, je ne me souviens pas de l'avoir jamais vu s'adresser à Katie au lycée, alors pourquoi il serait invité ?

Mais bon, parmi les souvenirs qui me restent, il y a la dernière fois que je l'ai vu. C'était il y a une semaine, au lycée, le dernier jour du semestre, une semaine après notre rupture.

Je me tenais devant mon casier, énervée d'avoir oublié ce que j'étais venue y faire – sans doute une autre moi-même qui venait de se réveiller d'un rêve super barbant, j'imagine – et gonflée à bloc par le bruit assourdissant des casiers que les gens faisaient claquer dans tout le couloir. J'avais eu des cours toute la matinée, mais ce que j'avais appris m'était ressorti directement de la tête. Normal, la seule chose que j'étais capable de retenir, c'était les paroles de Colin, qui avait besoin d'éprouver de la passion pour sa copine. À chaque fois. Et plus je faisais ça, plus la phrase de rupture me blessait. Je ne pouvais pas m'empêcher de récrire la scène, pour avoir une version dans laquelle il m'expliquait clairement ce qu'il voulait dire.

– J'ai besoin de me sentir enthousiaste tout le temps. Constamment. Tous les jours. Et avec toi, ce n'est pas ça, Charlotte. J'ai essayé, crois-moi, j'ai vraiment essayé. Mais il manque quelque chose. Tu es comme une petite bougie, mais moi, il me faut un feu. Tu comprends ?

J'étais en plein troisième replay, où je me souvenais, tout en inventant (en me *sou-ventant*, donc), qu'il me comparait à un courant d'air délicat, alors qu'il avait besoin d'une tornade, quand j'ai remarqué qu'il venait dans ma direction.

« Détachée et zen, Charlotte, me suis-je dit. Détachée et zen. »

Il s'est arrêté face à moi, a plongé les mains dans ses poches, rentré les épaules et regardé les casiers.

– Salut, Charm, a-t-il attaqué.

J'aurais préféré qu'il n'utilise pas le surnom qu'il m'avait donné à peine une semaine avant de me larguer. Et en même temps, ça me faisait une petite vague de chaleur agréable dans la poitrine. S'il s'en servait encore, c'est que peut-être…

– Tu repars demain ? a-t-il demandé au casier.

– Non, non.

Il y avait tellement plus à répondre, mais tout ce que je voulais dire a formé un bouchon à l'avant de mon cerveau. Pensées et sentiments trébuchaient les uns sur les autres, avant d'arriver à ma bouche. Et je me suis retrouvée là comme une demeurée, pleine de détachement zen et totalement à côté de la plaque. Cette conversation était tout sauf détachée.

Quoique, ce n'est pas tout à fait vrai. Colin était très détaché. Il a continué de fixer le casier en disant qu'il avait un truc à me demander.

« Il veut se remettre avec moi, m'étais-je dit. C'est pour ça qu'il a demandé quand je partais. Il prend la mesure de ce que ça veut dire. Il flippe de plus jamais me revoir. C'est bon, tu peux gérer, Charm. N'aie pas l'air trop soulagée quand il te posera la question. Faut que tu fasses durer un peu la pause, qu'il marine un peu. Qu'il se rende compte que t'as pas besoin de te remettre avec lui. Que t'as pas besoin de… »

– Tu as fini *L'Infinie Comédie* ? Je peux le récupérer ?

Je l'ai regardé fixement, la bouche sèche. Je me suis demandé si ce serait possible de m'enfermer dans un des casiers. Ça n'existe pas, les casiers dans les écoles chez nous, mais à la télé américaine, on voit toujours des gosses harcelés qui se font enfermer dans des casiers. Ça doit être des gamins tout maigres, parce que moi, il faudrait déjà que je me démette quelques articulations avant de pouvoir m'écraser à l'intérieur.

Lorsque Colin a tourné les yeux vers moi, j'ai senti venir comme un haut-le-cœur bouillonnant, fait de la fusion de ma colère et de ma douleur. J'étais partagée entre l'envie de pleurer, de hurler ou de lui vomir dessus. Il s'était écoulé une semaine depuis qu'il m'avait brisé le cœur et tout ce qui l'intéressait, c'était de récupérer un livre qu'il prétendait adorer, mais que clairement, il n'avait jamais lu.

– Oui, lui dis-je. J'ai braqué à mon tour les yeux sur le casier. Je te le rendrai.

– T'es pas obligée de le rapporter chez moi, il a dit un peu trop vite. Ce ne serait une bonne idée pour aucun de nous. Surtout pour toi.

– Hein ?

– Ben oui, t'as pas encore l'air de bien gérer tes émotions. T'as qu'à le filer à une des filles, qui me le passera après les vacances. À un de ces jours, d'accord ?

Oui, il m'avait vraiment dit : « À un de ces jours », comme si on avait une chance de se croiser dans la rue dans un avenir proche. Mais le coup de grâce, ça a été juste après. Il s'est éloigné un peu, puis s'est tourné vers moi juste assez longtemps pour dire : « J'ai passé des moments sympas. »

Puis il a fait un pas avant de se retourner à nouveau. « C'étaient des moments sympas. »

Encore un pas, une hésitation. « Tu es sympa. »

Bon d'accord, il n'y a eu qu'un seul pas et une seule hésitation. Il a dit qu'il avait trouvé ça sympa et il est reparti. Mais là, tout de suite, debout dans la cuisine de la cousine de Katie, alors que la fête bat son plein, je suis dans la *sou-vention* de notre dernière rencontre, ce qui rend son coup de grâce encore plus cruel et son visage encore plus froid, parce que…

Parce que quoi ? Parce que j'ai peur de n'avoir été que ça pour lui. Sympa. Moi, je croyais qu'il m'aimait. Et je sais que je l'aimais. Je sens monter une rage féroce et enflammée dans ma poitrine, comme si j'avais avalé une bouchée d'épines. Et je me demande pourquoi il m'a fallu deux semaines pour reconnaître que c'était vraiment dégueulasse de sa part de me dire que ça avait été « sympa ».

J'entends claquer des talons sur le lino. Katie arrive en titubant dans la cuisine et s'appuie contre le frigo. Elle fait superbien le look « je suis pas vraiment bourrée ». Elle fronce les sourcils en me découvrant.

– T'avais pas un chiot ?

– C'est mon ami qui l'a.

J'envisage d'avaler cul sec tout le jus de pomme, mais à quoi bon ? Ça ne fera pas passer les épines qui me restent en travers de la gorge, ni oublier Colin et ce qu'il m'a dit.

– Ça roule ? Katie commence à s'éloigner du frigo, avant de se raviser. T'as l'air un peu stressée.

– C'est rien, dis-je. J'ai juste…

Si je lui dis, je serai en train de parler de lui et j'aurai raté l'étape six. Mais il faut que j'évacue.

– J'ai bugué en voyant… Colin.

Raté.

Katie s'éloigne du frigo, les yeux alertes, dessoûlée d'un coup.

– Il est ici ? Où ?

– Je ne sais pas trop. Dans le couloir, j'imagine. Tu aurais pu me prévenir que tu l'avais invité.

Qu'est-ce que je lis sur son visage ? Elle est contente qu'il soit là ?

– Oh ! je t'en prie, ma chérie. C'est sûr que ça peut faire un peu bizarre de recroiser quelqu'un avec qui on a batifolé, mais pas forcément.

Je sais que j'ai commencé à partir en vrille lorsque le bouton *mute* que j'ai dans la tête s'est allumé. La musique que j'entendais dans le fond a disparu. Pendant un moment, tout ce que j'entends, c'est la voix de Katie, cinq mots qui résonnent dans ma tête.

« … avec qui on a batifolé… »

« JE CROYAIS QU'IL M'AIMAIT », je hurle intérieurement. Mais avant que les mots n'arrivent à franchir mes lèvres, j'entends la fin de la phrase de Katie.

– Et puis d'abord, tu es venue accompagnée, ce qui veut dire que tu es clairement passée à autre chose.

Tout ce que j'arrive à exprimer, c'est un cri d'indignation, et avant que je puisse le transformer en mots, Colin se matérialise comme par magie. Il passe devant moi sans me remarquer, prend Katie par la main et l'attire vers lui pour l'embrasser profondément, fermement, passionnément.

Mon Dieu. Si l'alcool avait provoqué la moindre somnolence en moi, elle s'est évaporée d'un coup pour me laisser la sensation d'être plongée dans de l'eau glacée.

Je pousse un deuxième cri d'indignation et Colin fait une pause pour se tourner vers moi, sans décoller ses lèvres de celles de Katie. Il me regarde droit dans les yeux et s'arrache à elle, comme s'il venait d'être électrocuté par sa langue.

Il regarde par terre pendant un instant, s'auto-adresse un hochement de tête et relève la tête. Il tapote du doigt le nez de Katie, d'un geste affectueux et possessif.

– Il faut que je discute avec Charlotte, lui dit-il en faisant un geste pour que je le suive vers le balcon.

Je n'ai pas envie d'aller dehors avec lui. Il ne va pas se remettre avec moi. Même si je ne l'avais pas vu avec Katie, il avait été très clair la semaine dernière devant les casiers. Malgré tout, je me rends compte que j'éprouve le besoin de savoir ce qu'il a à me dire.

Et quand je vois que Katie essaye en vain de masquer son sourire radieux, je me dis que l'air glacé du balcon sera toujours mieux que cette cuisine de malheur.

Alors je le suis sur le balcon. C'est un espace exigu et les tables nous obligent à être tout près l'un de l'autre, côte à côte, et à tordre nos cous pour nous regarder sur fond de Broadway. Le trafic s'écoule, telle une rivière paresseuse. C'est assez beau, mais franchement, ça caille. Je resserre mon écharpe et je remonte la fermeture éclair de mon cuir.

– J'aime bien, dit-il en désignant ma nouvelle tenue.

Je ressens malgré moi une certaine chaleur envahir ma poitrine. Non ! Il n'a plus le droit de me faire du bien.

– Mais sérieusement, qu'est-ce que tu fais encore ici ? Je croyais que tu devais repartir hier.

– C'était aujourd'hui, en fait, lui réponds-je. C'est fou, il ne savait vraiment pas quand je rentrais. Ça lui arrivait d'écouter quand je parlais ? Mais mon vol a été annulé, alors je suis bloquée ici.

Il prend une expression contrite, comme s'il avait vraiment de la peine pour moi. Je m'étonne presque qu'il ne me caresse pas la tête pour me réconforter. Ça m'agace de penser que ça ne m'aurait pas déplu qu'il le fasse.

– T'es bloquée à New York, oui, mais pas à une soirée où tu savais que je serais. Tu as choisi de venir.

Troisième cri d'indignation. Ça commence à me courir sur les nerfs. Je ne tiens pas à redevenir British Charlotte à plein temps avant d'être rentrée en Angleterre.

– Je ne savais pas que tu serais là. Si j'avais su, crois-moi, je ne me serais pas approchée de…

– C'est malsain, Charlotte. Ce n'est pas bon de s'attacher à quelque chose qui se trouve de l'autre côté d'un océan. Il faut que tu acceptes de tourner la page. Enfin bon, ça fait quand même deux semaines. Combien de temps il te faut ?

Combien de temps il me faut ? Il pense sérieusement que deux semaines, c'est suffisant pour se remettre d'une histoire et renoncer à l'avenir qu'on s'était imaginé ? Il est où, le garçon qui s'est incrusté dans la file d'attente de la cafétéria pour s'asseoir avec moi ? Qui parlait à peine pendant le déjeuner parce qu'il voulait juste « écouter ma voix » ? Qui m'offrait des cahiers simples, mais classes, pour prendre des notes ?

Le garçon qui m'a fait la cour au début du semestre a été remplacé par un sale con arrogant, d'une froideur absolue. L'expression fascinée et intéressée qu'il affichait en me regardant a été remplacée par un rictus qui montre que tout ça est déplaisant… pour lui.

Mais pourquoi je veux encore qu'il me touche ?

Je sais que je devrais mettre fin à cette conversation qui ne mène nulle part et qui pourrait même faire de mon histoire une comédie pathétique qui s'achève sur mon passage au tribunal, pour avoir tabassé ce bouffon. Le juge serait mort de rire en entendant que je l'avais fait passer par-dessus la balustrade d'un coup de tote-bag. Sauf que je ne suis pas sûre qu'on me laisserait avoir un portable en prison.

Colin se remet à parler.

– J'ai passé un mois à essayer de te faire comprendre que ce n'était pas sérieux entre nous. En tout cas, pas pour moi. On a bien rigolé pendant deux ou trois mois, mais je savais que tu allais repartir, alors ça n'avait aucune chance de durer. Tu vois ?

– Je devais sans doute être en pleine crise de somnambulisme, quand on s'est dit tout ça.

Il s'agite un peu. Je m'en aperçois parce qu'il retire son bonnet.

– Je pensais que tu comprenais. Je pensais que tu étais, genre, cool.

– Moi, je pensais qu'on s'aimait.

Il me regarde comme si je venais de parler en sindarin. Et je me dis que je dois être la reine des gourdes pour être sortie sur ce balcon. J'aurais dû rester dans la cuisine, ou retourner dans le salon et exiger qu'Anthony arrête de parler aux deux dragueuses et qu'il me fasse sortir de cet appartement. Mais maintenant, c'est dit. Je me suis ridiculisée, alors autant aller au bout de cette conversation suicidaire

– En tout cas, c'est ce que tu m'as dit. Je ne sais pas si tu étais sincère, mais…

– Je n'ai jamais dit que je t'aimais.

Il est aussi catégorique qu'Anthony quand il a fait comprendre à Bianca et à Ashley qu'on n'était pas ensemble. C'est quoi, l'idée ? Que je ne suis pas une copine crédible pour un mec ? Et ça s'applique dans le monde entier ou seulement à New York ?

– Si. Je me force à soutenir son regard. À la fontaine du Lincoln Center…

– Non, toi, tu as dit que tu m'aimais, mais je n'ai pas répondu que moi aussi.

D'accord, il récrit l'histoire, maintenant. Mais je m'en souviens distinctement.

C'était la première fois qu'on se baladait dans Manhattan. On sortait ensemble – on ne batifolait pas – depuis environ un mois et je lui avais demandé de m'emmener au Lincoln Center. J'espérais qu'il n'avait pas capté que je voulais y aller à cause de *Pitch Perfect.* Je me souviens de m'être trouvée ridicule quand j'ai été prise de folie en voyant la fontaine pour la première fois. J'ai entraîné Colin avec moi dans ma course effrénée. Une vraie gamine ! J'ai foncé dans les groupes de touristes, ruinant au moins trois photos.

Il avait ri, ce jour-là, en arrivant à la fontaine. Je m'en souviens très nettement, tout comme je me souviens des gouttelettes d'eau qui retombaient sur nous à cause des jets d'eau. Ça m'épatait qu'en plein cœur de Manhattan, île encombrée, exiguë, chaotique, on ait réussi à faire de la place à ces magnifiques édifices de pierre et de verre qui entourent l'esplanade de la fontaine sur trois côtés. Et que le bruit des voitures disparaisse comme par magie, dès qu'on avait quitté Columbus Avenue.

À cet instant, j'étais follement amoureuse de New York et follement amoureuse de Colin. Les mots sont sortis de ma bouche avant même que j'aie le temps d'entrelacer ses doigts et les miens.

– J'aime tout ça, j'avais dit. Et je t'aime.

Et lui avait répondu :

– Ouais.

Oh, baloches de têtard ! Je ne me rappelle pas qu'il ait répondu qu'il m'aimait. Encore un truc que j'ai dû me *sou-venter.* Comment j'aurais pu tomber amoureuse d'un mec qui ne m'aimait pas ? Ce n'est pas ça, tomber – être – amoureux ! Amoureux = deux personnes qui s'aiment, non ?

– Tu devrais t'en aller, je pense.

Son visage émacié aux yeux noisette hantés est très sérieux. Il ne me dit pas de partir pour mon bien. Il me dit de partir parce que, comme il le formule :

– C'est la pire idée du monde, qu'on soit au même endroit, toi et moi. Et vu que c'est la soirée de Katie et qu'elle m'a invité il y a plusieurs semaines, ce n'est pas cool pour elle, si c'est moi qui pars. Je ne veux vraiment pas lui faire de peine.

Les épines dans ma poitrine se mettent à remuer et j'ai l'impression que je pourrais lui vomir dessus. D'accord, il ne m'aimait pas. Mais est-ce qu'il doit forcément me mettre ses priorités sous le nez comme ça ? Est-ce qu'il cherche à me faire mal ? Je ne mérite pas ça.

– Y a un problème ?

Anthony est là et il laisse percevoir un peu de l'accent dur de Brooklyn qu'il a forcé pour Bianca et Ashley. Il est debout dans l'encadrement de la porte-fenêtre. Il doit avoir du sang de ninja, je ne l'ai pas entendu arriver avec Boulette, endormie dans les bras. Il fixe Colin les yeux vides.

Colin me regarde.

– C'est qui, ce mec ?

– Comment dire…

Heureusement, Anthony gère.

– Ce n'est pas la question. Tout ce que je veux savoir, c'est si tu embêtes mon amie.

– Si j'embête ton…

Colin se tourne vers moi, l'air de dire : « Qu'est-ce qu'il raconte ? » Je hausse les épaules, les picotements que j'ai dans la poitrine commencent à s'estomper. Je suis curieuse de savoir comment la situation va évoluer.

Colin remet son bonnet en pouffant, l'équivalent hipster d'un geste fort.

– Je n'embête personne, d'accord ? C'est plutôt elle qui m'embête. Mais tout va bien, parce que Charlotte s'en va.

– Je ne pense pas, non, lui oppose Anthony. Je suis en train de passer un bon moment et, plus important, ma chienne aussi.

On se tourne tous les trois vers Boulette, dont la truffe tremblote sous l'effet de ses ronflements sonores. Je suis au bord de l'éclat de rire, malgré ma gêne et mon cœur lourd.

Maintenant, Colin se tourne vers Anthony.

– *Plaiz.*

Argh ! j'avais oublié son borborygme préféré pour dire « fais-toi plaisir ». Mon sourire s'évanouit.

– Rien à foutre, moi et Charlotte, on s'est mis d'accord. Elle va partir. Pas vrai ?

Anthony secoue la tête.

– Je ne crois pas.

Du regard, Colin me supplie d'intervenir.

– C'est quoi, son problème, à lui ?

Je me mords l'intérieur des joues pour éviter de sourire et de montrer à Colin combien je savoure ce moment.

– On dirait que c'est toi.

Colin tape du pied, carrément.

– Tu veux que je te dise ? J'en ai ras le bol. Vous feriez bien de vous tirer avant de casser l'ambiance pour tout le monde.

Boulette se tortille et Anthony lui tapote la tête d'un geste mécanique. Ça devrait être ridicule, mais ça lui donne encore plus l'air de piloter la conversation.

– Je n'ai pas envie de m'en aller, dit-il. Et là d'où je viens, les gens se cassent seulement quand on les oblige. Tu vas m'obliger ?

– C'est d'un primaire !

La voix de Colin n'est plus qu'un couinement. Il s'en irait, si Anthony n'était pas sur son chemin.

– Tu vas me menacer, gars ?

– Menacer qui ?

Je prends la main d'Anthony. L'espace d'un instant, ça me fait plaisir de voir Colin s'interroger : « Quoi, elle est avec lui ? »

– Viens, on se tire.

Pour la première fois depuis qu'il est sorti sur le balcon, Anthony détache son regard des yeux de Colin pour le poser sur moi. De près, je suis soulagée de voir qu'il est vraiment en maîtrise, que ce n'est pas une feinte.

– Tu es sûre que c'est ce que tu veux ? demande-t-il.

Je parle à voix basse. Je ne sais pas pourquoi, mais je veux qu'Anthony soit le seul à entendre.

– Oui. J'ai fini.

Il serre ma main. On quitte la soirée de Katie sans dire un mot de plus à Colin, sans même faire attention à Bianca et Ashley qui sont dans la cuisine. Je me sens bien, comme si j'avais détoxifié mon cœur, sorti les poubelles que j'aurais dû mettre dehors il y a quinze jours. Des ordures qui n'auraient jamais dû m'encombrer…

Sans se lâcher la main, nous descendons les quatre étages jusqu'au rez-de-chaussée et je me sens nettoyée de l'intérieur. Plus détendue, plus légère…

*

Trois minutes plus tard, je suis en larmes sur la Cent Seizième Rue.

– Je suis désolée, dis-je à Anthony tandis qu'il balaye un tas de neige sur un perron et me fait asseoir.

Il se pose près de moi et serre ma main. Il ne l'a pas lâchée depuis le balcon.

– Ce n'est pas grave, je t'assure, chuchote-t-il.

Instinctivement, je pose ma tête sur son épaule et ça me procure une sensation de confort et de relâchement qui fait couler mes larmes à flots sur son manteau. Boulette gigote entre mes bras en geignant. Elle essaye par tous les moyens de me grimper dessus pour me lécher le visage. On dirait que c'est essentiel pour elle.

Elle a raison, ça me fait du bien.

– Elle s'inquiète pour toi.

J'entends le sourire dans la voix d'Anthony.

Je le sens bouger légèrement. Il tourne la tête vers moi et laisse son nez me frôler les cheveux.

Et puis il se reprend. Son bras se contracte contre le mien. Il éloigne sa tête en chuchotant.

– Et moi aussi.

Je rougis, mais c'est peut-être parce que je pleure. Je lève le bras pour m'essuyer le nez du dos de la main, avant de m'interrompre. Suis-je assez à l'aise pour faire ça devant un mec que je connais depuis six heures ?

– Quoi ? me demande-t-il.

Je lui réponds franchement.

– Je me rends compte que je me suis fait des films, comme une idiote.

Je lui débriefe l'histoire : Colin et moi à la fontaine du Lincoln Center, une soirée sans nuages, où il ne faisait pas trop froid, la course main dans la main entre les touristes, moi qui lui ai dit ce que je ressentais… Que je l'aimais.

Je sens la tête d'Anthony qui fait oui contre la mienne.

– Mais il n'a pas répondu que lui aussi. Et moi, j'ai cru que si… J'ai cru que si je l'aimais, c'est forcément qu'il m'aimait aussi. Tu vois ?

Et puis merde ! Je m'essuie le nez et je renifle bruyamment, c'est dégoûtant. Je pleure encore un peu.

– Finalement, tu avais raison, à l'aéroport, quand tu as dit que je ne comprenais rien à l'amour. Peut-être que je n'y ai jamais rien comp…

Je me tais, pour éviter de sangloter. Je serre les dents et je fais ce soupir inversé qu'on fait quand on veut étrangler un sanglot. Si Anthony ne m'avait pas lâché la main pour m'entourer de ses bras, je crois que je me serais laissée aller et que je pleurerais pour de vrai à chaudes larmes, avec épaules qui se secouent ; la totale. Je suis presque fière de m'en tenir à quelques reniflements et quelques larmes, comme une expression respectable de mon chagrin. Boulette se niche dans le creux de mon bras et je m'accroche à elle, comme si elle me donnait du pouvoir.

C'est sans doute le câlin à trois le plus incroyable qu'on ait jamais vu dans l'Upper West Side.

Anthony – le saint – me laisse une longue minute pour me reprendre. Une fois que je suis calmée, il dit :

– Écoute, je sais pas ce que tu cherches à… je sais pas… à refouler, mais faut pas. Tu as dix-sept ans. On a le droit de pleurer quand on a une bonne raison.

J'aurais préféré qu'il se taise. Maintenant que sa permission est donnée, les vannes s'ouvrent un peu plus. Je cache mon visage dans ma main libre et je sens les larmes et la morve couler le long de mon poignet. Anthony me serre contre lui, plus fort. Mon cœur saigne encore, mais en même temps, je me sens prise d'un doux apaisement. Je suis assez calme pour lui faire un aveu.

– Je n'aurais pas dû pré-écrire mon histoire new-yorkaise.

Il parle dans mes cheveux.

– Comment ça ?

– Je veux dire que quand je suis arrivée, j'avais déjà écrit mon histoire dans ma tête. J'allais m'éclater, parce que je pouvais être moi-même ou une version de moi-même que je ne peux pas être en Angleterre. Et en étant cette version de moi-même, j'allais… Je m'étouffe presque sur la phrase d'après… plaire à un mec. Je n'avais pas eu beaucoup de succès au lycée jusque-là, mais je m'étais convaincue que ce n'était pas moi, le problème. Qu'en fait, ma place était ailleurs. Si je me retrouvais dans un endroit où j'étais à ma place, alors quelqu'un voudrait de moi. Maintenant, je me sens bête, parce que si je n'avais pas foncé tête baissée dans un scénario purement imaginaire, peut-être que j'aurais fait davantage attention à ce qui m'entourait réellement. Mais c'est tout moi, je suppose… Je ne vis pas dans l'instant, je ne suis pas impulsive.

– C'est pour ça que tu veux être impulsive, aujourd'hui ?

Je ris en espérant qu'il ne remarque pas les postillons qui éclaboussent sa parka.

– C'est un peu nul, non ? Je suis capable d'être impulsive dans des situations où ça n'a pas de conséquence.

Ses doigts me serrent deux fois l'épaule dans un geste encourageant et réconfortant.

– Faut pas te sous-estimer. Tu as pris la décision impulsive de ne pas aller à l'hôtel, et maintenant, tu es dehors dans Manhattan au milieu de la nuit et tu risques l'hypothermie, à rester sans bouger aussi longtemps. Moi, j'appelle ça une conséquence.

– C'est pas faux.

Le silence s'installe. Au bout de quelques secondes, Anthony me demande :

– Tu ne te sens vraiment pas à ta place en Angleterre ?

– Je ne sais pas, je concède. Je commence à me dire que ce n'est pas tant le sentiment que je n'ai pas ma place là-bas que… Je hausse les épaules. Je sais que ce que je vais dire va paraître un peu nul, voire gamin et égoïste… mais je crois qu'au fond de moi, j'attends plus de la vie.

– Ce n'est pas négatif, comme sentiment.

Je m'écarte de façon à pouvoir le regarder. Il a toujours la main sur mon épaule.

– Qu'est-ce qu'on fait, maintenant, je demande. On passe à l'étape suivante ?

– En fait, je me disais qu'on pourrait faire une pause. Quoique…

Il s'écarte, mais son bras est toujours autour de moi. Il m'inspecte de haut en bas.

– Ce n'est pas d'une pause dont on a besoin. Je pense qu'on a besoin d'une réinitialisation. Tu es superbe dans cette tenue, mais…

Il détourne le regard et se mord la lèvre inférieure. En le voyant intimidé, alors qu'il vient d'effrayer mon ex jusqu'à en faire un crétin couinant et tremblant, je suis un peu déconcertée.

Je me penche vers lui en pestant contre ma morve au nez.

– Quoi ?

Ses lèvres se plissent pour former un sourire triste. Il secoue la tête, comme s'il allait parler malgré lui.

– J'allais seulement t'avouer que je préférais ton look d'origine. Maintenant que je te connais un peu, je trouve que ça te ressemble davantage, peut-être.

J'étudie mon look et j'approuve.

– Oui, je n'ai pas vraiment été fidèle à la badass qui devrait porter cette tenue. Très bien. On fait un reboot.

Je regarde la Cent Seizième Rue.

– On est la veille de Noël et il est 21 heures passées. Tout est fermé, je parie. Où est-ce qu'on peut se changer ?

– Dans un bar, je dirais. Il n'y aura que ça d'ouvert.

– Je suis trop jeune, même en Angleterre. Et toi aussi.

Il enlève son bras de mon épaule pour aller fouiller dans sa poche intérieure. Il en sort une carte d'identité, qu'il me montre. C'est une photo récente de lui, mais le document est daté d'il y a deux ans ce qui signifie qu'Anthony aurait vingt-trois ans, bientôt vingt-quatre.

– Je suis impressionnée. Elle est beaucoup plus convaincante que celles que j'ai vues au lycée.

– J'ai un contact.

C'est la seule explication qu'il me donne.

– Je suis contente pour toi, mais moi, je n'ai que mon passeport, et dessus, il y a ma vraie date de naissance.

– Je connais un endroit qui ne vérifie pas les cartes des filles canon.

Il range sa pièce d'identité dans sa poche et laisse retomber son bras le long de son corps. Ça me touche davantage que ça ne devrait.

– On peut aller dans un bar, dis-je, mais je ne suis pas sûre que ce soit une bonne idée pour moi de boire de l'alcool maintenant. Pas après…

Je m'interromps, parce que… Merde ! je ne peux pas planter encore plus l'étape six.

– D'accord.

Il se lève et essuie la neige qu'il a sur les épaules.

– Tout ce que je veux, c'est me mettre au chaud. On peut boire quelque chose, reprendre des forces et continuer les étapes.

Il me tend la main. Je prends Boulette sous l'autre bras, pour éviter qu'il touche la main qui m'a servi à éponger ma morve.

– On va où ?

– Dans mon rade préféré.

6. Passez vingt-quatre heures sans parler de votre ex.

(Plus ou moins.)

Chapitre 6

Anthony

21 h 35

Hell's Kitchen dans sa globalité s'est pas mal gentrifié, mais les rues derrière le terminal de bus sont l'exception qui illustre le nom du quartier. Je reste tout près de Charlotte tandis que nous arpentons la Quarantième Rue. J'ai un bras autour de son épaule, mais je fais tout pour la tenir en mode protecteur, sans tendresse excessive. « Ce n'est pas Maya, ce n'est pas ma copine. Elle n'est rien pour moi. »

Enfin, ce n'est pas tout à fait vrai. Elle n'est pas rien. Je ne sais pas ce qu'elle est, mais certainement pas rien. Et c'est agréable d'éprouver à nouveau la proximité d'une personne qui a envie d'être proche de moi. Je ne me rappelle plus quand ça m'est arrivé pour la dernière fois avec Maya.

– J'ai bien compris qu'on allait dans un rade, dit Charlotte quand le néon bleu du bar apparaît, mais tu crois que je devrais faire quelque chose pour notre chienne ?

– Oui, tu ferais peut-être bien de la planquer, je réponds.

Tandis qu'elle se bat avec Boulette pour la faire rentrer dans son tote-bag, je note qu'elle a dit « notre » chienne. Et vu qu'elle fait tout pour éviter mon regard, je comprends qu'elle s'en est rendu compte, elle aussi. Ça ne deviendra un sujet que si on en parle, alors je n'en parle pas.

Comme prévu, grâce à ma fausse carte d'identité et au physique de Charlotte, le videur nous laisse entrer. De toute façon, il est très concentré sur le texto qu'il est en train d'écrire.

Charlotte ouvre la porte et nous entrons. Je ne peux pas m'empêcher de jeter un coup d'œil furtif sur ce que le videur écrit. Je repère au moins deux « désolé » et un « j'ai merdé, maintenant j'assume ».

Comme quoi, y en a qui s'en veulent d'être infidèles.

L'*Ice Bar* est non seulement un rade, mais en plus, c'est un rade aussi mort qu'Elvis, ce soir. Un type dégingandé d'une trentaine d'années est affalé sur le bar, la tête au-dessus de son whiskey, dans une pose tellement caricaturale que je suis étonné de voir ça dans la vraie vie. Dans une alcôve au fond, une femme de quarante ans et quelques (qui pourrait être gothique, mais c'est peut-être l'éclairage qui me joue des tours) contemple les deux verres de vin qui se trouvent devant elle. Le sien est à moitié plein, l'autre est vide, comme si la personne qui l'accompagnait l'avait vidé d'un coup avant de filer. C'est violent.

À une autre table, un type du genre sportif fait défiler ses photos sur son téléphone en s'arrêtant à chaque fois une bonne seconde avant de passer à la suivante. Derrière lui, un couple d'une vingtaine d'années – le genre parfait qu'on déteste : ils sont tellement beaux qu'ils pourraient presque être frère et sœur – se tient mollement la main en fixant la table. Ça sent la rupture. Bing Crosby chante qu'il rentre chez lui pour Noël, mais ça n'a l'air d'être le cas de personne, ici. Charlotte ne peut pas rentrer chez elle et tous les autres, moi y compris, redoutent de rentrer chez eux.

– Je ne suis pas sûre que cet endroit va nous remonter le moral, marmonne Charlotte.

Je hausse les épaules.

– On peut se réjouir d'aller mieux que la plupart des gens qui sont ici.

Elle hausse aussi les épaules et dit entre les dents :

– On va dire ça.

Je lui propose de filer aux toilettes pour se changer. Si c'est encore mort quand on ressort, on pourra partir.

Elle approuve au moment où Bing passe la main à George Michael, qui raconte sa rupture du Noël précédent. Ça me fait penser que c'est peut-être ce que je chanterai dans un an. À la différence que contrairement à ce qui est arrivé à George

Michael, Maya a davantage broyé mon cœur qu'elle ne l'a donné. Sa copine à lui était clairement plus dans la délicatesse.

Je croise le regard de Charlotte. Le petit sourire en coin qui se dessine entre ses commissures – mi-peine, mi-humour – est le signe qu'elle pense à la même chose que moi.

« De tous les morceaux qui auraient pu passer à notre arrivée… »

Je souris.

– On se retrouve ici ?

Charlotte fait oui de la tête et nous nous dirigeons vers des toilettes d'une propreté suspecte pour un bar qui a l'air d'avoir réchappé à une guerre nucléaire. La première fois que j'ai utilisé ces toilettes, c'était au début du semestre, quand mon pote de fac Tom et moi testions nos fausses cartes d'identité. Après quelques bières, j'étais allé aux toilettes et j'avais eu un coup de flip. Je me suis dit que j'étais chez les filles (il paraît que c'est plus propre chez elles) ou que j'avais changé de bar entre-temps. Tom s'est inquiété, parce que j'ai mis cinq bonnes minutes à ressortir.

Je me change très vite en faisant bien attention à replier soigneusement les vêtements neufs. Je me suis peut-être un peu avancé quand j'ai dit que nous pourrions les rendre sans problème au magasin. Enfin, moi, puisque c'est moi qui vais devoir faire la virée chez *Macy's*. Charlotte part fêter Noël chez elle demain.

Une fois rhabillé, je glisse la tenue *Macy's* dans mon sac à dos et je fais un *check* dans le miroir. « Qu'est-ce qui m'a pris d'amener une fille bien au *Ice Bar* ? »

Mais je suis sûr que Charlotte n'aura pas pris la fuite à mon retour. C'est marrant. C'est comme si je ne craignais pas son jugement. J'ai emmené Maya dans des endroits beaucoup plus classe que celui-ci en passant la moitié du temps à stresser de me faire larguer, surtout si l'endroit était aussi mort que l'*Ice Bar* ce soir. Maya n'aimait pas être au calme. Il lui fallait toujours d'autres gens… Parce que ça lui donnait une chance de me trouver un remplaçant ? (« Lâche l'affaire, Anthony !) Mais ce que Charlotte pense de ce bouge désert en plein Hell's Kitchen ne m'angoisse pas.

C'est que je dois me sentir à l'aise avec elle.

Charlotte est déjà au bar quand je réapparais. Elle porte la tenue qu'elle avait quand on s'est rencontrés. Ça lui ressemble davantage, mais comment j'ai pu perdre une course de vitesse contre une fille ? Combien de temps ai-je passé à m'étudier dans le miroir ? Elle s'est assise à trois tabourets du mec penché au-dessus de son whiskey. Boulette roupille à ss pieds dans le tote-bag. Instinctivement, je m'installe entre elle et le mec, sans vraiment savoir pourquoi je me sens obligé de la protéger.

– Tu veux un coca ? je demande.

Elle fait non de la tête, mais elle sourit et ça me fait super-plaisir. Il y a vingt minutes, elle pleurait encore. Tellement plaisir que je suis prêt à lui commander ce qu'elle veut. Sauf que je ne comprends pas ce qu'elle veut dire par « un verre avec un petit pébroc coloré dedans ».

Elle explose de rire en se rendant compte qu'elle m'a perdu. Elle m'explique qu'un pébroc, c'est un pépin. Un parapluie. Un parasol.

– Tu sais, la petite ombrelle.

– Je sais ce que c'est qu'un parasol, je lui dis en hélant le barman. C'est « pébroc » que je ne connaissais pas.

Je me prends une bière et pour Charlotte, un virgin mojito. Il n'y a pas d'ombrelle, finalement. Et quand le barman a le dos tourné, elle me fait une grimace.

– Ce n'est pas trop le genre de la maison, je commente.

Elle tapote le zinc en réfléchissant, puis elle attrape un sous-bock et vérifie qu'il est sec. Elle le plie deux ou trois fois, puis le pose au-dessus de sa paille. Elle se recule un peu sur son tabouret.

– Voilà. Elle affiche un large sourire. Vu que c'est la journée de l'improvisation.

L'ombrelle de fortune se casse la figure, ce qui nous fait rire. Je suis sur le point de lancer une vanne sur le fait qu'aucun de nous n'est bon à rien aujourd'hui, mais je me retiens.

La playlist est passée à *Have Yourself a Merry Little Christmas*.

– Quoi ?

Charlotte m'observe lorsque la chanson se termine. Elle a dû voir la moue de dédain que je fais à chaque fois que j'entends une reprise de ce morceau.

– Ils se sont dégonflés, lui dis-je. Le dernier couplet est différent, normalement. Beaucoup plus déprimant. Ça raconte qu'on pédale dans la semoule jusqu'à ce que le destin nous permette d'être ensemble. Oh merde, je suis à deux doigts de me mettre à chanter.

– Je ne savais pas.

– La plupart des gens qui font des reprises de ce titre changent le dernier couplet. Ils doivent trouver l'original trop déprimant, je sais pas. Mais bon, Noël, c'est aussi ça, des fois. Pédaler dans la semoule, faire de son mieux pour pas s'écrouler quand la joie forcée qu'on nous met constamment sous le nez nous rappelle qu'on est tout sauf joyeux.

– C'est ce qu'ils font, dans ta famille, pédaler dans la semoule ?

– Je crois.

Je sens mes doigts se serrer autour de mon verre de bière. Je pense à ce qu'elle m'a dit juste après la fête, qu'elle avait espéré trouver sa place à New York, et à ce qu'elle a dit à Washington Square, sur sa conception du chez-soi, l'endroit où je n'ai toujours pas envie d'aller.

Je me réfugie dans ma bière. J'en bois une grande gorgée et je laisse passer l'instant. Après un temps, je me sens assez sûr de moi pour regarder de nouveau Charlotte. Mais ce que je vois dans ses yeux, j'ai l'impression que c'est de la pitié. Sans doute parce qu'elle a tiré ses propres conclusions. Puis, je sens bouger sa main.

Elle la tend vers moi, vers mon visage. Elle fait le premier pas ? Je ne sais même pas si c'est ce que je veux. Mais je ferais bien de me décider, parce que c'est pour tout de suite.

Elle m'essuie le bout du nez.

– T'avais de la mousse.

On rit, mais je sens s'envoler la tension étrange que j'avais dans la poitrine. Serais-je… déçu ?

Le charme est rompu par un reniflement humide et sonore. Je baisse les yeux vers Boulette, inquiet qu'elle soit malade, mais elle dort encore en ronflant.

Charlotte se penche en avant pour voir jusqu'au bout du bar derrière moi, puis fait une moue.

– C'est sans doute la preuve que tu avais raison, me chuchote-t-elle. À Noël, on pédale dans la semoule.

Je me tourne pour voir de qui elle parle. Le type à trois tabourets de nous, penché sur son whiskey, n'est pas juste un alcoolique morose et lunatique. Il s'essuie les yeux et le nez du dos de la main. Il a les épaules qui tremblent, comme si on l'électrocutait doucement.

Charlotte et moi échangeons des grimaces. Nous sommes tous les deux bien placés pour comprendre ce qui lui arrive. Je demande à Charlotte ce qu'elle a envie de faire maintenant. Est-ce qu'elle a envie de retourner à l'aéroport ?

Elle fronce les sourcils au-dessus de son mocktail.

– Et les étapes, alors ? On n'en a fait que…

Elle fixe le plafond, cochant les étapes dans sa tête. J'empêche mon regard de se braquer sur ses fossettes. Je me demande pourquoi elles m'obsèdent à ce point.

– Cinq ! C'est à peine la moitié.

– Je me suis dit que tu aurais envie d'arrêter. La dernière étape nous a un peu explosé en pleine figure.

Elle éclate de rire et manque de m'asperger de mojito.

– Sans blague ?

Elle repose son verre et cherche une serviette. Elle n'en trouve pas. Elle hausse les épaules et s'essuie la bouche du revers de la main. Maya ne ferait jamais ça, du moins pas devant moi.

– C'était plutôt sympa, avant la soirée. Et puis, j'ai encore quelques heures à tuer avant mon vol. J'aimerais mieux les passer à me balader en ville plutôt qu'à l'aéroport, à me tourmenter pour un certain playboy de pub.

Je ris.

– Continue de me sortir tes expressions rigolotes. Je n'y comprends rien, mais j'adore.

Elle se penche vers moi en souriant.

– Playboy de pub, face de scone rance, baloches de têtard, monstre du loch Ness, ta mère en minikilt devant le *Marks & Spencer*, fini au thé froid, tu pues le haggis avarié.

– Là, c'est des sons, pas des vrais mots.

– Eh bien si, figure-toi. Mais on s'en fout, *fuck* les insultes. On continue ! Quoi ?

Elle veut savoir pourquoi j'ai un sourire qui me fend le visage, mais je me contente de secouer la tête. Je choisis de ne pas lui dire que ça m'épate que cette fille qui s'est fait réduire en bouillie il y a une quinzaine de jours, et pulvériser il y a moins d'une heure, soit capable de se relever aussi vite. C'est une battante, ça me plaît.

On sursaute tous les deux lorsqu'un poing tombe lourdement sur le bar, faisant tinter les verres qui s'entrechoquent. Le barman, un habitué de la salle de sport, grand et bien musclé, qui porte fièrement son t-shirt noir tout simple de barman parce qu'il révèle bien la quantité de fonte qu'il est capable de soulever, s'approche de l'homme qui pleure. Son whiskey doit être dilué à trente pour cent dans la morve, à l'heure qu'il est.

– Allez, Doug, dit-il. Je sais que ce n'est pas facile, mais tu déranges les autres clients.

Je me tourne vers Charlotte, prêt à suggérer une retraite stratégique, mais elle a *Oubliez votre ex en dix étapes* sur les genoux et elle est en train de le feuilleter.

– Tu rigoles ?

– Une seconde, répond-elle sans arrêter de tourner les pages. Ah ! je savais que j'avais vu passer ça. Ça me fait penser à ce que m'a dit ma mère tout à l'heure. Elle retourne le livre pour que je voie l'étape en question. « Aidez quelqu'un qui va plus mal que vous. »

Je passe de Charlotte à Doug le Dépress', qui cherche au fond de son verre quelque chose qu'il aurait pu y faire tomber.

– Je ne sais pas trop, je marmonne. Il est peut-être trop bourré pour écouter qui que ce soit.

– Ça ne peut pas faire de mal d'essayer, marmonne-t-elle en retour en rangeant le livre dans son tote-bag.

Maintenant, elle me pousse le long du bar, vers l'homme qui pleure. Pourquoi moi d'abord ? Une fois que je suis tout près, je vois son visage complètement verrouillé, les dents serrées par lesquelles il prend des inspirations rapides, humides et sifflantes. Je sais que la question que je suis sur le point de poser est inutile. Il va répondre non. Mais je n'ai pas d'autre idée pour lancer la conversation.

– Ça va ?

Doug renifle longuement et me regarde. Il s'essuie de nouveau le nez de la main.

– Oui, oui.

Il se rassied sur le tabouret, prend son verre et fait tourner le whiskey.

– J'essaye de noyer mon chagrin, sans trop de succès.

Il finit son whiskey et repose ostensiblement son verre avec douceur, pour que le barman réponde à son signe de la main. Il en veut un autre.

– Le Doug est en deuil, il continue.

J'évite de croiser le regard de Charlotte, au cas où elle serait sur le point d'éclater de rire, elle aussi. Il faut en tenir une sacrée couche pour parler de soi à la troisième personne.

Le barman verse un autre whiskey à Doug.

– Ça fait une semaine que tu essayes de noyer ton chagrin, Doug.

– Sept ans, Craig, précise Doug en prenant le verre rempli pour le reposer immédiatement. Sept années que le Doug a données à cette femme. Ça représente vingt pour cent de sa vie. Vingt pour cent du temps qu'il a passé sur cette terre ont été passés à se dévouer à elle. Et elle le quitte pour aller « se trouver » ? C'est quoi, ces conneries ?

Je lance un « dans quelle galère tu nous as fourrés ! » muet à Charlotte, mais elle ne me regarde pas. Elle s'installe sur le tabouret de l'autre côté de Doug, qui continue sa diatribe.

– Je vais vous dire, même si cette bécasse arrive à se trouver, elle va oublier de se donner son adresse mail. Vous voyez ce que je veux dire ? Il soupire. Le Doug exagère, il dit ça parce que ça le défoule.

– Eh, dit Charlotte, la main sur son épaule. Vous allez vous en remettre.

En gros, elle lui dit « ça va aller », mais avec plus de substance, du coup, ça le fait pas trop mal. Cela dit, Doug n'achète pas. Il passe de Charlotte à moi.

– Vous en savez quoi, vous deux ? Vous avez tellement la dégaine du petit couple parfait… je suis sûr que vous ne vous êtes jamais disputés.

– En fait, on…

Je parle plus fort que Charlotte. Je ne sais pas pourquoi.

– On se dispute, Doug. Vous pouvez me croire. Mais vous voulez savoir un truc ? Quand on s'est rencontrés, on venait tous les deux de sortir des pires ruptures que vous puissiez jamais imaginer.

Charlotte et moi échangeons quelques mots des yeux, dans le dos de Doug :

Elle : « Tu fais quoi ? »

Moi : « Fais-moi confiance. »

Elle : « Tu veux mentir au Doug ? »

Moi : « Je t'assure : c'est ça dont le Doug a besoin tout de suite. »

Elle : « Si tu le dis… »

Je reprends.

– Jamais j'aurais pu imaginer tourner la page. Je pensais que tout était fini pour moi, et là, bam ! une Anglaise cool fait tomber un bouquin sur mon pied et… nous voilà.

Je fais exprès de ne pas regarder Charlotte. J'aurais peut-être dû inventer une rencontre un peu plus mignonne.

– On ne sait jamais ce qui nous attend.

– Voilà. Charlotte lui tapote l'épaule. On ne sait jamais ce qui nous attend au détour d'un chemin.

Les yeux de Doug s'illuminent d'espoir… pendant une seconde, puis il secoue la tête.

– Au détour du chemin, ce qui attend le Doug, c'est un autre cul-de-sac. Il y a tellement de culs-de-sac.

Je lui tapote l'épaule, moi aussi.

– Alors il faut chercher une porte. Il y a toujours une issue, toujours un nouveau chemin. Mais on ne peut pas le trouver si on n'avance pas. Tu vois ce que je veux dire ?

Je croise à nouveau le regard de Charlotte par-dessus les épaules de Doug. Je m'attends à ce que ses yeux me reprochent de dire n'importe quoi, mais elle me fait un signe de la tête. Elle valide.

Pour la première fois ce soir, je me dis qu'on va peut-être tous les deux s'en remettre… un jour.

Le Doug fait tourner son verre en soupesant ce que je viens de dire. Il le pose sans l'avoir porté à ses lèvres.

– Le Doug va aller semer des gouttes.

Il se lève et traîne les pieds jusqu'aux toilettes. Charlotte me regarde en grimaçant.

– J'ai horreur de cette expression.

– Dit la fille dont le juron préféré est « baloches de têtard » ?

Elle sourit en se laissant glisser du tabouret.

– Je n'ai jamais dit que c'était mon préféré ! Mon préféré, c'est… Boulette !

Je suis en train de me creuser les méninges pour essayer de comprendre en quoi ça peut bien être un juron, quand Charlotte passe en trombe devant moi, en direction des places où nous étions assis au départ. Elle se baisse juste à temps pour empêcher « notre » chien de sortir du sac.

– Rentre là-dedans, chuchote-t-elle. On va avoir des ennuis.

Mais Boulette ne veut rien savoir. Charlotte fait un tour d'horizon du bar désert et semble en conclure que ça vaut le coup de la laisser sortir. Si on se fait virer, qu'est-ce que ça peut faire ? On avait prévu de partir bientôt, de toute façon. Elle ramasse Boulette et me l'amène.

– Tu crois qu'on sert à quelque chose ? demande-t-elle tandis que Boulette redouble de léchouilles sur nos visages pour rattraper le temps perdu.

Le barman musclé n'a pas l'air de trouver ça dérangeant, mais bon, il est concentré sur son portable, à tel point que je me demande s'il ne fait pas un FaceTime avec lui-même.

– Je ne sais pas, je lui réponds. Il est un peu fatigué, alors je ne sais pas s'il comprend grand-chose de ce qu'on lui dit. On aurait peut-être dû aller lui parler il y a deux ou trois whiskeys de ça.

– C'est marrant que tu lui aies laissé croire qu'on était ensemble.

Elle me regarde sans ciller, et je n'arrive pas à savoir si elle est en colère ou vexée ou autre chose. Ça l'intrigue, c'est sûr. Peut-être que ça la trouble un peu.

– Je l'ai fait pour le Doug, dis-je, espérant que mes joues ne trahiront pas ma gêne.

J'essaye de me convaincre qu'elle n'a pas employé ce ton pour montrer que ça lui semble inconcevable. Que ce que j'ai raconté à Doug est non seulement à côté de la plaque, mais en plus, impossible.

– Tu écris, tu sais ce que c'est. Quand on en rajoute une couche, l'histoire est encore plus géniale. C'est une chose, qu'il sache qu'on jongle avec nos propres ruptures, mais s'il pense qu'on a trouvé quelque chose de mieux ensuite…

– Le revoilà.

Doug marche vite, il est presque obligé de faire un dérapage contrôlé pour s'arrêter. Il a un regain d'énergie qui me donne presque envie de dire « je te l'avais bien dit ! » à Charlotte, parce que mon mensonge a grave fonctionné. Soit ça, soit…

– J'ai réfléchi à ce que tu m'as dit, et le Doug pense que t'as raison. Il faut qu'il se donne une chance de tourner la page.

Il parle comme une mitraillette, tout en fouillant sa poche pour essayer d'en extraire son téléphone.

– Le Doug a besoin de remonter en selle, et regardez ce qu'il a trouvé dans sa boîte de réception !

Il retourne son téléphone pour nous montrer un mail qu'il a reçu. C'est une affiche très voyante, un dessin avec plein de couples qui s'embrassent sous une bannière *Embrassez-vous sous le gui, trouvez l'âme sœur pendant les fêtes !* Le festival de la galoche avec des inconnus ? Sans façon.

– Le Doug n'arrête pas de recevoir des mails de cette asso depuis des semaines, mais il n'y avait encore jamais fait attention, jusqu'à ce soir. Quand je pense qu'il allait le mettre à la poubelle !

C'est alors qu'il nous regarde et pose la question que je n'avais pas encore redoutée :

– On y va ?

Par chance, Charlotte est au taquet.

– C'est une soirée célib, Doug.

Elle me prend la main en guise de preuve. Il nous faut un moment pour entrelacer correctement nos doigts, mais ça ne marche pas. L'index et le majeur de Charlotte finissent enroulés dans mon pouce.

Doug n'y voit que du feu.

– Allez, s'il vous plaît. Je n'aurai jamais le cran d'y aller seul. Je suis du genre timide.

Merde ! il parle à la première personne. Maintenant, je sais qu'il ne rigole pas. Mais je n'ai aucune envie d'aller à une soirée pour célibataires. Je suis sur le point de lui répondre que les filles adorent les mecs timides, quand Charlotte lui dit que oui, bien sûr, on l'accompagnera. Apparemment, on le fera même avec plaisir.

– Oh ! super, les gars. C'est génial, je vous revaudrai ça.

Doug se retourne vers le bar pour engloutir ce qui reste de son whiskey, tandis que je fais un geste vers Charlotte pour qu'elle revienne là où on était avant. Je parle à voix basse.

– T'es sûre de toi ?

Elle hoche la tête en montrant le livre qui dépasse de son tote-bag.

– Mate un peu l'étape sept.

Je m'accroupis pour sortir le livre, tourne les pages jusqu'au septième chapitre, et là, je découvre qu'on va passer au niveau supérieur : « Sortez avec quelqu'un d'autre. »

Chapitre 7

Charlotte

5. Aidez quelqu'un qui va plus mal que vous.

Prendre soin d'une personne qui a besoin de vous vous apprend à garder votre énergie positive. Mais comment faire quand vous avez besoin de panser votre cœur en urgence ? Être présent pour quelqu'un dans un moment de crise, c'est la manière idéale de se prouver qu'on est fort.

22 h 10

– Vous n'allez pas me croire, nous prévient Doug d'une voix que l'angoisse rend sifflante. Je n'ai jamais pris le moindre cours de break dance.

Je n'ai aucun mal à le croire. D'ailleurs, je le soupçonne même de n'avoir jamais vu de clip de break dance. Ses *pops* sont de vrais flops et ses *freezes*, c'est la tour de Pise. Sa tentative de *worm* m'a fait craindre pour son visage, ses genoux et tout son squelette ! Je lui accorderais volontiers le bénéfice du doute, ça ne doit pas être facile de faire du hip-hop dans un métro de la ligne six en mouvement (la rame est vide depuis qu'on est montés à Grand Central, et j'en suis très reconnaissante), mais mon petit doigt me dit que le Doug est simplement très mauvais.

Pour le bouquet final, il attrape la barre d'une main, enroule une jambe autour et commence à tourner. Je pense qu'il cherche à faire un tour complet, mais il perd l'équilibre avant d'être arrivé à la moitié et s'écrase sur la banquette derrière lui. Anthony et moi le regardons faire depuis presque trois arrêts, et j'en peux plus, alors j'applaudis Doug d'une manière qui montre clairement que pour moi, c'est la fin du spectacle. Doug se relève à moitié de la banquette et exécute un petit salut.

– On va voir si les dames célibataires de l'Upper East Side résistent à mon déhanchement, déclare-t-il en croisant les bras et en s'enfonçant dans la banquette.

Je cache mon visage derrière la tête de Boulette en essayant de ne pas pouffer dans son pelage.

Quelques instants plus tard, nous descendons à l'arrêt Quatre-Vingt-Sixième Rue, Doug à l'avant. Il monte les marches deux par deux et ce n'est pas facile de le suivre. Une fois dehors, je me rends compte qu'Anthony n'est pas avec moi. Il traînasse dans l'escalier, comme ma sœur Emma quand elle ne veut pas aller se coucher.

– Qu'est-ce qui t'arrive, je lui demande. Tu t'es fait mal à la jambe ou quoi ?

– Pardonne-moi de pas sauter de joie à l'idée de devoir traîner dans l'Upper East Side, répond-il en arrivant à ma hauteur.

– On n'était pas déjà dans l'est, tout à l'heure ?

– C'était le *Lower* East Side, au sud.

– Ça reste l'est.

Il secoue la tête.

– Quand tu auras vécu ici assez longtemps, tu comprendras.

Il dit ça comme si mon retour était une évidence. C'est vrai qu'il y a eu de longs moments aujourd'hui où je n'ai pas détesté New York comme ces dernières semaines…

Avec Anthony, l'expérience est très différente.

À 22 h 25, entraînés par Doug, nous nous retrouvons devant un club qui s'appelle *Smooch* (Anthony a dit que c'était *so* East Side comme nom, ça pourrait être une péniche sur l'East River). Ici non plus, le videur ne s'émeut pas de mon absence de pièce d'identité. Celui-ci est concentré sur une grille de sudoku. La seule question qu'il nous pose, c'est si on est vraiment sûrs de vouloir entrer. Quand Doug insiste, le videur prend son argent – apparemment, il nous paye l'entrée – en marmonnant ce qui ressemble à « tant pis pour vous » dans sa barbe.

À l'intérieur, on se croirait à un enterrement. C'est moins mort qu'à l'*Ice Bar*, mais ça reste assez lugubre. Éclairage tamisé, murs beiges ornés de guirlandes et de couronnes de Noël dont l'Armée du salut ne voudrait pas dans sa corbeille de dons.

Toute la scène est rendue encore plus absurde par le fait que la musique (présentement *Take On Me* de A-Ha) est à fond, à vous casser les tympans. Boulette gigote et je dois la calmer avant qu'elle n'essaye de chanter les notes aiguës. Je dénombre une dizaine de célibataires, une majorité de quarantenaires, debout, les yeux éteints. Il y a trois « couples » dans les alcôves du fond, qui se roulent des pelles comme s'ils se trouvaient dans un avion juste avant un crash. Frometon serait au paradis, ici. Je n'arrive pas à voir si les gens ont peur de parler aux autres ou s'ils ont évalué la situation et décidé que finalement, ils étaient bien, seuls. Mais ce qui est sûr, c'est qu'ils rasent les murs, le plus loin possible du gui qui pend très bas.

Nous suivons Doug qui se dirige vers le bar en faisant un scan approbateur de la salle.

– Plus de meufs que de gars.

Il a l'air enthousiaste. Je m'attends presque à ce qu'il lève le poing.

– Toujours.

Une femme d'une dizaine d'années de plus que Doug, adossée au bar, un cocktail rose sous le nez, s'est adressée à lui.

Je donne un coup de coude à Anthony, désigne son verre et chuchote :

– Vise un peu le pébroc !

Il secoue la tête, mais sourit. J'essaye de le faire rire parce que, je ne sais pas pourquoi, mais ça me semble important. C'est peut-être une manière de le remercier de m'avoir soutenue après la soirée de Katie.

– Il y a un thème, comme vous pouvez le voir, dit Mme Cocktail Rose. Je remarque qu'elle arbore un badge avec le logo d'une boîte. Elle doit faire partie des organisateurs de l'événement. Pour partir, il faut remporter un de ces trucs-là.

Elle nous montre une carte de visite à laquelle est accrochée une clochette. Elle tinte dès qu'on la bouge, c'est très énervant.

– C'est votre passe clochette. Avec ça, le videur vous autorisera à partir.

– Comment on fait pour remporter un – on sent que c'est un gros effort pour Anthony de prononcer les mots – passe clochette ?

– Il faut que je vous voie embrasser quelqu'un sous le gui. C'est tout.

Doug nous apporte des verres de jus de pomme, tandis qu'Anthony et moi examinons les candidats.

– Quelqu'un te plaît ? je demande.

– On dirait une brochette d'intellos, marmonne-t-il. On ne devrait pas avoir de mal à trouver chaussure à notre pied, tu ne penses pas ?

– Je ne voudrais pas faire de mauvais esprit, mais… tu as déjà embrassé quelqu'un de plus âgé ? De plusieurs années de plus ?

– Oui, une fois.

C'est plus fort que moi, je m'écarte pour qu'il voie mes yeux écarquillés.

– J'hallucine ! Pour de vrai ? C'était qui ? Quel âge elle avait ?

Il sourit à nouveau et regarde ses pieds.

– Ah non, cette histoire-là est un secret qui mourra avec moi.

– Dis-moi au moins si elle était de la même génération que les femmes qui sont ici.

– Tu ne sauras rien. Il sourit encore, mais ses joues sont de plus en plus écarlates.

– T'es pas marrant.

Doug est arrivé avec les boissons. Il s'est pris un autre whiskey.

– De quoi vous parlez ?

– On regardait qui on pourrait aborder, dis-je sans réfléchir.

Doug répond du tac au tac :

– Pourquoi vous voulez aborder quelqu'un ? Vous êtes ensemble.

Heureusement, Anthony réagit au quart de tour.

– On se disait que ce serait la moindre des choses de se montrer sociables, explique-t-il en faisant des gestes avec la bouteille en direction de la pièce quasi déserte. Pour le soutien moral.

Doug nous scrute un long moment et je crains qu'il n'ait vu clair dans notre jeu. Mais soudain, il affiche un large sourire et se lève d'un bond.

– C'est exactement ce qu'il me fallait ce soir, les gars. Sérieux, je n'en reviens pas de m'être fait d'aussi bons amis.

Anthony tape Doug dans le dos.

– Allez, c'est parti !

7. SORTEZ AVEC QUELQU'UN D'AUTRE.

Vous n'imaginez pas l'avenir sans votre ex ? Comment voulez-vous être rassuré par l'avenir si vous n'avez pas encore exploré ce que le présent a à vous offrir ?

*

Quelques minutes plus tard, je me retrouve plaquée contre un mur, loin du gui, sous l'assaut de Rudolph, le renne au nez rouge. Bon d'accord, c'est un genre de *nerd* en pull sans manches bordeaux, qui tient une marionnette renne. N'empêche, il parle pour Rudolph. J'ai juste envie de m'en aller et je me demande si ça compte pour le passe clochette, d'embrasser la marionnette.

– Rudolph trouve ton accent très charmant.

Tiens donc, Pull Sans Manches est capable de parler tout seul, mais quelque chose dans son ton et son choix de mots me fait rentrer les épaules, et fait grogner Boulette, qui sort la tête du tote-bag. Pull Sans Manches n'avait pas dû la remarquer avant, parce qu'il fait un pas en arrière. Mais Rudolph, lui, reste près de moi ; suffisamment près pour que Boulette lui donne un coup de dents pour le faire tomber de la main du type.

– Non, Boulette ! je crie, et je rattrape mon tote-bag tout en essayant de secourir Rudolph. Résultat, je déchire Rudolph et je rends sa dépouille à Pull Sans Manches.

– Je suis vraiment désolée.

Il prend les morceaux de marionnette dans sa main et dit, haletant :

– Oh non ! Rudolph, mon pauvre petit Rudy, l'innocence et la douceur incarnées.

Peut-être fait-il de l'humour, mais je n'ai pas envie de rester assez longtemps pour le savoir. Je prends la fuite et, ce faisant, je bouscule Anthony, qui s'éloigne à reculons d'une table, les bras levés comme un homme qui se rend. Le coup de museau de Boulette est le prétexte rêvé pour l'éloigner de la fille aux cheveux châtains – qui doit être la seule de moins de trente ans dans l'assistance – assise à la table devant une brochure d'agence de voyages.

– Il est possible que je me sois engagé à faire moit-moit sur un *time-share* à Myrtle Beach, marmonne Anthony.

– Ce n'est rien, je marmonne en retour. Je me suis fait draguer par une marionnette et Boulette l'a plus ou moins assassinée.

Il se penche pour embrasser Boulette sur la tête.

– C'est bien, fifille.

J'ai envie de proposer à Anthony de plier bagage, mais en balayant la salle du regard, je découvre le Doug assis au bar, en pleine conversation avec une femme de son âge en chemisier violet, ouvert sur un corset rouge sang. Il fait trop sombre pour distinguer le motif du tatouage qu'elle a à la poitrine, mais on voit bien qu'il lui recouvre entièrement la peau. Je n'aurais pas cru que ce serait le genre de Doug, mais il a l'air complètement subjugué. Alors je hausse les épaules à l'intention d'Anthony.

– Round deux ?

Il fait oui de la tête, l'air réticent.

– Une conversation, un baiser et on dégage ? Loin de l'Upper East Sid ?

– Ça roule.

*

– Attends, je t'explique. D'accord ?

Le deuxième round a commencé depuis à peine cinq minutes que je regrette déjà d'avoir demandé à Tag – c'est un vrai prénom – pourquoi il porte un t-shirt « *Rand Paul President* » alors que l'élection est déjà pliée.

Il ne trouve pas mon accent « charmant », il le considère comme une invitation à m'expliquer des choses (et encore des choses) sur le *big government* ultra-intrusif, qui surtaxe et flique les « créateurs d'emplois » – des concepts que les Européens « refusent obstinément » d'assimiler, semble-t-il. Je suis sûre qu'il y a des Européens pour qui ce qu'il raconte a du sens, mais pour moi, ça n'a ni queue ni tête. Cela dit, on s'en fiche. De toute façon, c'est plus un cours magistral qu'une conversation.

Je décide que ce que j'ai de mieux à faire, c'est de le laisser parler et de m'exprimer à coups de « mmm » et de « ah ah », voire un petit « bien sûr » de-ci, de-là.

Pendant ce temps, je cherche Anthony des yeux, sans le trouver. Il a déjà obtenu son passe, lui ? Il m'attend impatiemment pour partir ? Qui a-t-il bien pu embrasser ?

Je suis en mode onomatopées sur autopilote, lorsque j'entends distinctement les mots « mardi prochain », telle une corne de brume au milieu du brouhaha. Je sens que je suis en train de hocher la tête, mais je n'ai pas la moindre idée de ce à quoi je viens de m'engager. Seulement que c'est pour mardi prochain.

– Attends, pardon, dis-je. Tu peux répéter ?

– Mardi prochain, dit Tag. Je t'emmène au stand de tir. Comme ça, tu maîtriseras mieux le deuxième amendement.

Il forme des pistolets avec les doigts et ajoute des petits « pan pan » en les dirigeant vers le plafond.

Oh ! *non.*

Une seule issue possible. Ça va à l'encontre de la fibre même de mon *anglitude*, mais on n'a parfois pas d'autre choix que d'être impoli et cash.

– Non. Je m'éloigne de Tag. Ce n'est vraiment pas mon truc. Salut.

Je m'éloigne en luttant contre l'envie de m'excuser. *Oh my God, oh my God, oh my God !* ce que c'était impoli, ce que c'était impoli ! C'est là que Tag m'interpelle pour me demander si j'ai un problème avec les armes à feu. Si c'est le cas, je ferais bien de faire gaffe à pas glisser sur les larmes que je verse pour toute la misère du monde.

– Gauchiste !

D'un coup, je n'ai plus aucun état d'âme au sujet de mon impolitesse.

En passant devant la porte des toilettes pour hommes, je suis bousculée par Anthony qui se rue à l'intérieur. J'ai eu l'impression qu'il… il pleurait ? Oh non ! j'espère qu'il n'a pas fait une rechute avec Maya. Il allait tellement bien ! Je balaye la pièce du regard pour être sûre que personne ne me voit entrer chez les hommes. À l'intérieur, je trouve Anthony penché au-dessus du lavabo. Il renifle et s'essuie les yeux. J'imagine que c'est l'occasion ou jamais de le remercier de m'avoir soutenue après la soirée.

Je m'avance vers lui d'un pas hésitant.

– Eh, ça va ?

Il renifle.

– Oui, oui, ça va. J'en ai pour une minute.

– On a peut-être fait une boulette – je tiens mon sac à bout de bras, même s'il n'a pas l'air d'apprécier mon jeu de mots magnifique – en venant ici ?

Il ne répond pas. Il prend seulement une inspiration humide et sifflante.

– Mais sérieux, tu assures comme un champion, ce soir. Ce n'est pas le moment de flancher, tu vas t'en sortir.

Il parle au lavabo, ça crée un écho.

– Qu'est-ce que tu racontes ?

– C'est M… elle qui te met de nouveau dans cet état, non ?

Aucun son ne sort de sa bouche, mais je vois ses épaules qui montent et qui descendent. Oh non ! j'ai relancé la machine, voilà qu'il pleure toutes les larmes de son corps. Quand je pense à tous les efforts qu'on a faits pour en arriver là !

Et puis, je remarque que ses « ouin, ouin ! » tirent un peu sur le « ha, ha ! ». Il rigole ? Il se redresse, puis se retourne vers moi. Son visage est trempé de larmes, mais pas de doute, il rigole.

– Je ne pleure pas pour Maya, dit-il en se penchant en avant pour poser les mains sur ses genoux. Je viens de passer le deuxième round à discuter avec une fille qui s'appelle Erin et qui a amené ses chats ! Il y en a trois et je suis allergique, c'est tout.

On rigole tous les deux si fort qu'avec l'écho des toilettes, Boulette se réveille et nous grogne dessus, comme pour dire : « C'est quoi, votre problème ? J'aimerais bien dormir ! »

Notre fou rire se calme et nous nous regardons pendant quelques secondes dans un silence bizarre, mais pas vraiment gênant.

– Écoute, dit-il. Sa réaction allergique doit être en train de passer, parce que sa voix est moins éraillée. L'étape sept va être compliquée à réussir. Elles ont toutes l'air gentilles, et tout, mais… je ne sais pas, aucune d'entre ells n'est vraiment mon genre.

– La même. Viens, on s'en va. Je préviens Doug.

Je me tourne, et je bondis lorsque la porte s'ouvre violemment et percute le mur dans un bruit qui fait presque voler Boulette hors de mon tote-bag. La première chose que je remarque, c'est la mère Noël – du moins, une femme déguisée en mère Noël

– qui entraîne quelqu'un dans les toilettes. Un Doug souriant comme un benêt qui chuchote :

– Si ton mari nous surprend, je serai à jamais sur la liste des vilains garçons !

La mère Noël attire Doug vers elle tandis que la porte se referme.

– Mais tu seras sur MA liste de vilains garçons.

Elle a dû apprendre que le père Noël la trompait avec GiGi, et maintenant, elle se venge.

– C'est tout de suite beaucoup plus sym… Tiens, salut !

En nous remarquant, Doug repousse brutalement la mère Noël.

– Salut, Doug. Au bord de l'hilarité, Anthony salue poliment la bonne amie de Doug. Madame.

La mère Noël est une femme gironde, qui semble avoir l'âge de Doug. Ça doit bien lui prendre trois heures par jour pour se démaquiller. Alors que Doug fixe ses pieds, elle secoue la tête. Elle trouve la situation drôle, pas gênante. Ça me plaît.

Je lui explique qu'Anthony et moi allons décoller. Le Doug s'avance pour nous prendre dans ses bras.

– Vous avez eu une idée géniale, les gars. Vraiment géniale. Merci, merci, merci.

Il nous claque une bise à chacun sur la joue. L'haleine parfumée au whiskey, je m'en serais volontiers passée, en toute franchise, mais je suis heureuse pour lui et contente d'avoir coché l'étape cinq.

Anthony et moi sortons des toilettes pour les laisser à leur affaire. Nous faisons semblant de ne pas entendre claquer une porte, ni un verrou glisser. Nous retournons au bar, où nous trouvons Mme Cocktail Rose, qui explique le règlement à deux nouveaux venus célibataires, un homme et une femme qui portent tous les deux des t-shirts à motifs BD et qui ont l'air intimidés. Je me demande s'ils sont les deux seuls à ne pas se rendre compte qu'ils vont super-bien ensemble.

Je me tourne vers Anthony.

– On y va, alors ?

Je m'occuperai de l'étape sept – sortir avec quelqu'un d'autre – une autre fois. Quand je serai rentrée. Après tout, il est peut-être temps que je me mette à embrasser des garçons anglais.

Il hoche la tête et nous nous dirigeons vers la sortie, mais Mme Cocktail Rose nous rappelle que nous n'avons pas obtenu notre passe clochette.

– C'est bon, dit Anthony. Mais merci quand même.

Mme Cocktail Rose se penche en avant sans quitter son tabouret pour signaler à l'armoire à glace à la nuque épaisse que je n'avais pas encore remarquée près de la porte qu'il ne fallait pas nous laisser sortir.

– Vous ne comprenez pas, nous dit-elle. Personne ne sort sans avoir son passe clochette.

Merde ! De sa place, elle a un aperçu de toute la salle. On ne peut même pas essayer de lui faire croire qu'on a embrassé une des personnes à qui on a parlé. Cela dit, même dans un monde imaginaire, je ne supporterais pas qu'on puisse penser que j'avais bécoté Tag ou Pull Sans Manches. Quant à Anthony, il n'aurait pas survécu à un baiser de Erin, la femme aux chats.

Il me prend à part pendant que je lui demande :

– Elle peut vraiment nous empêcher de partir ? Qu'est-ce que ça peut lui faire ?

Anthony me regarde l'air de dire « je n'en sais rien ».

– Quelque chose me dit qu'elle va nous faire la misère si on essaye de sortir sans avoir embrassé quelqu'un.

– Me dis pas que tu as peur de faire une scène. Normalement, ce sont les Anglais qui sont comme ça. Vous, vous êtes censés être des Américains directs qui se fichent de savoir si… Quoi ? Pourquoi tu me regardes comme ça ?

Son visage s'est figé, les yeux plissés, comme si j'étais une devinette qu'il avait presque résolue.

– Tu sais, il y a une solution, annonce-t-il.

– Laquelle ?

Il hausse les sourcils. Je sais bien que nous ne nous sommes pas quittés depuis sept heures et quelques, mais ça ne veut pas dire que je sais déjà lire ses…

– Oh !

C'est fou que je n'y aie pas pensé avant. Ou avais-je juste nié l'évidence ? Non… Je ne serais pas en train de piquer un fard pareil si je n'avais pas été surprise.

Anthony veut m'embrasser, moi.

Ou bien ? J'ai attendu si longtemps pour réagir qu'il a changé d'avis.

– Non, c'est idiot.

– Pas du tout. C'est juste pour pouvoir sortir d'ici. C'est pas la mer à boire.

Il ne répond rien. Il ferme juste les yeux pendant une seconde (pour se donner du courage ?) et se penche vers moi…

Boulette émerge du tote-bag et lui lèche la figure. Elle a volé mon baiser.

– Descends ! je ris en la remettant dans le sac.

Quand je regarde de nouveau Anthony, il se cache les yeux et secoue la tête, genre : « Est-ce qu'on aurait pu faire pire ? »

Je sais que je dois jouer le jeu si je ne veux pas tout gâcher. Alors je lui fais remarquer que Mme Cocktail Rose ne regardait pas, de toute façon, et qu'elle ne nous aurait pas crus. Sans compter qu'on n'est pas sous le gui, et franchement, cette morue serait capable de nous disqualifier pour ça. Non mais imagine la scène ! Donc je me penche en avant et je prends la main d'Anthony pour l'entraîner vers le bouquet de gui le plus proche, à côté d'une table où Tag est en train de draguer la tatouée au corset à qui parlait Doug tout à l'heure.

Je nous positionne de telle sorte que nous soyons dans la ligne de mire de Mme Cocktail Rose. Je m'assure qu'elle nous regarde bien et lui fais un signe de la tête. Je me sens un peu mal à l'aise d'avoir fait ça. C'est comme si elle était vraiment impliquée dans ce moment.

Ça y est, c'est en train de se produire. Je prends pleinement conscience qu'Anthony est plus grand que Colin et que je vais devoir me mettre sur la pointe des pieds – à moins qu'il ne se baisse ? Tout en réfléchissant, je me passe la langue sur les lèvres et je m'aperçois qu'elles sont un peu sèches et gercées à cause du froid. J'essaye de trouver un moyen de demander à Anthony de me laisser une minute pour déterrer mon baume à lèvres dans mon sac, lorsque…

Il m'embrasse. C'est un peu plus ambitieux que le smack auquel je m'attendais – plus doux, plus profond, plus long. Au bout de trois secondes, je sens sa main sur mon coude. Il me tient près de lui pendant qu'il éloigne son visage. Je me pince les lèvres pour ne pas pousser de gémissement gênant, mais entre mon cœur qui bat à cent à l'heure et ma respiration accélérée par le nez, j'ai rapidement la tête qui tourne.

Nous nous regardons les yeux dans les yeux et je crois que nous sommes tous les deux abasourdis par la qualité de ce baiser. À moins que JE sois abasourdie, et lui juste dégoûté par mes lèvres gercées. Mais il ne fait pas de grimace, alors c'est que ça passe, non ?

Nous sommes tirés de notre torpeur par le son d'une cloche ; Mme Cocktail Rose nous tend nos passes clochettes. Je m'avance et les lui prends.

– Je suis contente de voir que certaines personnes passent un bon réveillon, dit-elle.

Et je me rends compte qu'en réalité, elle n'est pas attachée au règlement. C'est seulement qu'elle n'a aucune envie d'être ici. Je me demande ce que c'est, son histoire à elle. J'hésite à l'ajouter à la liste de personnes en mal d'amour ou au cœur brisé qu'Anthony et moi avons rencontrées ce soir.

– Charlotte.

C'est Anthony, qui me fait signe de partir.

– Oui !

Ça fait déjà une minute et ma voix est encore un peu aiguë et stridente, émue par le baiser.

La sienne est comme d'habitude.

Je sors du *Smooch* derrière lui, nous passons devant le videur, qui ne lève pas les yeux de son sudoku lorsque Anthony pose les passes clochettes à côté de lui.

Anthony m'entraîne un peu plus loin dans la rue, puis s'arrête brutalement devant moi. Je reste plantée là, les yeux rivés sur sa nuque, à essayer de deviner la tête qu'il fait. Est-ce qu'il pense au baiser ? Il le regrette ? Il ne devrait pas, c'est lui qui a fait tout le boulot, après tout.

Quand il se retourne, il a l'air réjoui. Il a aimé, j'en suis sûre. Je lui renvoie un sourire, puis une mimique, l'air de dire : « Je suis bien d'accord avec toi. »

– C'est super-beau, dehors.

Je suis prise de court.

– Hein ?

Il reprend ma main et m'attire vers lui.

– Mets-toi là et regarde.

Il me faut quelques instants pour retrouver mes esprits et diriger mon regard vers l'endroit qu'il me montre. Au départ, je n'arrive pas à savoir ce qu'il veut que je voie. Mais d'un coup, je remarque la neige qui tourbillonne et se pare d'une lueur dorée en dansant autour des lampadaires de la Quatre-Vingt-Sixième Rue. L'ambiance est étonnamment calme et paisible, et ce calme apaise ma nostalgie. Ce silence agréable me fait oublier que je suis loin de chez moi. Je ne vis que l'instant.

Lorsque je me rends compte qu'Anthony tient encore ma main dans la sienne, la chaleur me monte aux joues et je sens mon bras se contracter contre le sien. Il me lance un regard vif et retire sa main en marmonnant : « Désolé ! » J'ai envie de lui dire qu'il n'y a vraiment pas de problème, mais il me demande déjà ce qu'on fait maintenant.

« Maintenant ? » On peut se poser au calme, si on trouve un endroit ouvert, et discuter de ce qui vient de se passer et de ce que ça peut vouloir dire. Mais je me rends compte que ce qu'il veut savoir, c'est ce qu'il y a dans l'étape suivante.

– Oh !

Je le laisse sortir Boulette du tote-bag, pour que la petite dame puisse se délier les pattes sur le trottoir, et je dégaine le livre. Il ne reste plus que trois étapes, si j'ai bien compté. Je trouve la huitième et je retourne le livre pour montrer la page à Anthony. « Faites quelque chose d'un peu effrayant. »

Anthony réfléchit et je sais qu'il a déjà une idée. Mais quand je lui pose la question, il secoue la tête et répond :

– Je pense qu'on devrait se concentrer sur toi, maintenant. C'est ta dernière nuit ici et il ne reste que quelques heures pour finir toutes les étapes. Qu'est-ce qui te fait peur, à toi, Charlotte ?

Chapitre 8

Anthony

8. Faites quelque chose d'un peu effrayant

Quand on se retrouve célibataire du jour au lendemain, ce qu'il y a de pire, c'est cette peur qui nous envahit. La peur de ce que nous offrira, ou pas, l'avenir, maintenant qu'on n'est plus dans une histoire d'amour. Chez beaucoup de gens, cette peur peut causer une tétanie émotionnelle et spirituelle qui les pousse à passer trop de temps chez eux, au détriment de nouvelles rencontres. Bien sûr, la perspective de se remettre en selle est terrifiante, c'est tout à fait compréhensible. Mais avant de vaincre la peur d'être déçu en amour, il faut d'abord vaincre la peur elle-même.

22 h 10

– Tu es sûr que ce n'est pas dangereux ? C'est autorisé, d'abord ?

Charlotte s'accroche à mon bras droit. Je marche tellement vite pour suivre Boulette qu'elle doit presque courir pour rester à ma hauteur. J'aurais dû me douter que le chiot serait tout fou dès qu'on arriverait à Central Park. Même après vingt-trois heures, c'est assez merveilleux. Pour un chien, ça doit être paradisiaque.

Tout le temps du trajet, je me suis demandé si c'était une bonne idée. Mais je n'ai pas vraiment le choix. Après le *Smooch*, après notre baiser – ce baiser ! –, j'ai demandé à Charlotte ce qui lui faisait peur et la seule réponse qu'elle a trouvé à me donner, c'est qu'elle a peur, de perdre le contrôle. Quand je lui ai dit que c'était vague et que ça ne m'avançait pas beaucoup, elle a haussé les épaules. Mais en regardant tomber la neige, j'ai eu une idée.

– Bien sûr que ce n'est pas dangereux, je la rassure. À cette heure-ci, le soir de Noël, on sera tout seuls.

– Ces trucs-là, ça a l'air dangereux, affirme Charlotte en jetant un coup d'œil sur les deux luges rondes que j'ai payées quinze dollars dans un bazar sur le trajet.

Je m'arrête. Devant nous, Boulette se retourne et jappe en signe d'agacement. Charlotte regarde vers moi, sa main accrochée aux anses de son tote-bag qu'elle porte à l'épaule. Elle se mordille la lèvre inférieure, mais ce n'est pas un geste de séduction. Elle flippe.

– Tu me fais confiance.

Elle hoche la tête.

– Je te fais confiance.

Ce n'était pas une question, mais je ne rectifie pas.

– Tant mieux, parce qu'on est sur le point de quitter l'allée.

Je tire un coup sec sur la laisse de Boulette, qui se retourne et bondit en avant sur la pelouse recouverte de neige. Charlotte laisse échapper un rire nerveux.

– Euh… tu m'emmènes où ?

Boulette s'arrête en arrivant devant une rangée de buissons et regarde vers moi, l'air de dire : « C'est une blague ? Tu veux vraiment que j'aille là-dedans ? »

– C'est bon, ma puce, je crie, et pendant que la chienne se bat contre les branchages, je me fais une moue à moi-même. Je lui donne déjà des surnoms. C'est quoi, ce délire ?

Charlotte lève les luges devant son visage pour se protéger tandis que nous traversons les buissons, jusqu'à une clôture de deux mètres de haut. Boulette pense que c'est un cul-de-sac et tente de partir à gauche, alors je la ramène et l'attire vers nous. Elle me fait comprendre qu'elle n'est pas contente.

– On s'est trompés de chemin ? demande Charlotte tandis que je me baisse pour ramasser la chienne.

– Non, lui dis-je. De l'autre côté, il y a la meilleure piste de luge de tout Manhattan – peut-être même de tout l'État, je ne sais pas. Avec mon frère, Luke, on venait ici le dimanche. Notre mère nous déposait ou restait parfois avec nous.

Il me faut quelques instants pour habituer mon esprit à l'idée d'évoquer un souvenir que je refoulais sciemment depuis un an.

Je me sens un peu bête de ne pas avoir compris tout de suite ce qui m'avait réellement motivé à penser à la luge comme étape pour Charlotte.

– C'est quand j'avais dans les sept ans, je crois. En tout cas, ce n'est pas tout à fait légal de faire ça, parce que le terrain appartient aux Parcs et Forêts. Mais je me dis qu'ils ont forcément pris leur soirée, aujourd'hui.

Elle me regarde bouche bée.

– C'est bon, ça, dis-je. J'ai clairement choisi un truc qui t'effraie.

Elle me tape le bras.

– Je suis à peu près sûre que le livre ne conseille pas d'enfreindre la loi.

– On peut interpréter les étapes de plein de manières différentes. Et franchement, il n'y a pas plus flippant que d'enfreindre la loi, non ? On peut difficilement trouver une version plus pure de l'étape huit.

– Je suis étrangère, tu te rappelles ? Qu'est-ce qui se passera si on m'arrête et qu'on m'expulse et que je ne puisse plus jamais remettre les pieds dans le pays ?

– Hmmm… Une arrestation et une expulsion, c'est flippant.

– Tu crèves d'envie de le faire, avoue.

Je suis à deux doigts de lui dire la vérité, mais je me retiens. Oui, maintenant que je sais pourquoi mon subconscient m'a poussé à venir ici, faire de la luge sur les collines blanc immaculé de l'autre côté de la clôture est la seule chose dont j'ai envie. J'ai envie d'avoir de nouveau sept ans, d'être de nouveau à la fois émerveillé et flippé de voir Luke dévaler sans peur les pentes les plus raides. Entre les genoux de maman qui est à la manœuvre, je glisse aussi sur la pente. Une fois en bas, elle raconte à qui veut l'entendre que c'est moi qui ai tout fait.

Au lieu de ça, je rassure Charlotte :

– Ce sera sympa, je te le promets. Luke et moi, on a toujours fait ça et on ne s'est jamais fait piquer. On a encore moins de chances que ça arrive ce soir.

Elle réfléchit pendant une seconde, avant de hocher la tête pas trop à contre cœur.

– Bon d'accord. Mais pas longtemps.

– Si tu as trop peur, on se tire.

Je tends Boulette à Charlotte pour qu'elle la mette dans son tote-bag, et je passe au-dessus de la clôture. Une fois de l'autre côté, je tends les bras pour que Charlotte puisse me balancer les luges. Ensuite, elle se hisse suffisamment haut pour pouvoir passer son sac par-dessus la clôture et que je l'attrape. Je pose les luges par terre et prends le sac sur mon épaule tandis que Charlotte passe par-dessus de la clôture. Elle est plus agile que je ne l'avais imaginé.

Une fois qu'elle est à terre, je lui rends le sac. Boulette sort la tête pour essayer de comprendre ce qui se passe et je garantis à Charlotte que cette partie du parc est parfaitement close. Boulette peut partir en courant, elle n'ira pas trop loin.

– Bon d'accord, concède-t-elle en laissant sortir la chienne. Mais je n'ai pas envie de la perdre.

Nous sommes très vite rassurés, parce que dès que nous mettons les luges en position au sommet de la piste, Boulette nous saute dessus pour monter avec nous. Elle s'installe sur mes genoux.

– On dirait que j'ai une passagère.

Mais Charlotte ne me rend pas mon sourire. Elle scrute l'ombre en forme de lac qui se trouve au pied de la pente blanche et pure.

– C'est un peu raide, souffle-t-elle.

– Oui, ça fait peur, je réponds. C'est tout l'intérêt. Et si je…

– Face de Nessie !

Elle m'injurie parce que je l'ai poussée. Pas fort, mais suffisamment pour amorcer sa descente.

Je serre Boulette contre moi et je descends derrière Charlotte en savourant la sensation d'apesanteur. Mon seul effort consiste à ne pas lui rentrer dedans.

Arrivée en bas de la pente, Charlotte ne ressent plus une once de peur ; elle s'allonge à moitié à l'extérieur de la luge et lance un rire sonore en direction du ciel étoilé, tandis que la neige lui tombe sur le visage.

– Hé, pas si fort ! je lui lance, alors que Boulette quitte mes genoux et court en demi-cercle autour de la tête de Charlotte, comme un essuie-glace. C'est peut-être désert, mais ça fait voyager le son.

Elle se plaque une main sur la bouche et se rassied en se contrôlant.

– Pardon, dit-elle enfin. J'ai eu un petit shoot d'adrénaline, je crois. Quand la peur est passée, j'ai adoré.

– C'est l'intérêt, je crois.

Ce n'était pas l'objectif, mais comme on se regardait les yeux dans les yeux au moment où je l'ai dit, ça a rendu ma phrase très intense.

Le charme est rompu par Boulette qui jappe pour attirer notre attention. Elle a déjà remonté la moitié de la côte et regarde en arrière. De toute évidence, elle s'attend à ce qu'on la suive.

Charlotte me touche le pied avec le sien.

– Le premier arrivé !

*

Une dizaine de minutes plus tard, nous avons fait vingt montées et descentes. Au bout de la troisième ou de la quatrième, Charlotte s'est sentie suffisamment confiante pour tenter de descendre à reculons. Elle n'a pas arrêté de rire de toute la descente.

Maintenant, elle est au pied de la colline, allongée sur le dos, épuisée. Boulette court autour d'elle, et moi, j'arrive à toute blinde à reculons en faisant attention à ne pas la percuter quand je me rapproche. J'ai une bonne maîtrise et j'arrive à m'arrêter tout près. Elle ne bouge pas d'un centimètre. Elle me fait confiance.

Je me laisse tomber à côté d'elle et je sens l'arrière de nos doigts qui s'effleurent tandis qu'on rit dans la nuit. J'imagine que nous sommes deux à nous demander comment nous avons atterri ici le soir de Noël, à faire illégalement de la luge dans Central Park.

J'entends son rire qui se calme et je n'ai envie que d'une chose : tourner la tête vers la gauche. Si je cède, nous partagerons peut-être un instant magique. Mais mon cou est comme rempli de béton et refuse de bouger.

– Merci.

Sa voix est presque un chuchotement.

Je n'arrive toujours pas à tourner la tête.

– Pour quoi ?

Elle ne répond pas et le silence se poursuit assez longtemps pour que je sache qu'elle attend que je la regarde. Alors j'inspire pour me détendre, puis je tourne la tête. Ses cheveux longs lui couvrent le visage en mèches épaisses recouvertes de neige.

– De m'avoir permis de comprendre qu'on a le droit d'avoir peur.

– New Charlotte accepte d'avoir peur ?

– Oui.

J'ai le souffle court et les bras qui tremblent… et ce n'est pas que l'effet du froid, j'en suis certain. Je réfléchis trop longtemps à ce que je dois faire : tendre le bras pour lui dégager le visage en écartant ses cheveux avec cette main qui tremble ? Je risquerais de lui planter un doigt dans l'œil.

Mais si je me rapproche assez pour faire ça, je pourrais finir ce que je regrette d'avoir arrêté au *Smooch*.

Est-ce que je pourrai de nouveau l'embrasser ?

J'en suis encore là quand Charlotte se redresse brusquement faisant décoller Boulette, qui est persuadée qu'elle va pouvoir refaire de la luge.

– Et toi, c'est quoi ? demande Charlotte en dégageant son visage. Qu'est-ce qui te fait peur, à toi ?

La réponse me vient immédiatement, et je n'ai pas trop envie d'en parler. Mais comme je n'ai rien d'autre à dire, je finis par la regarder fixement pendant quelques secondes.

– Euh moi, tu sais… Je me triture les méninges pour essayer de trouver quelque chose à répondre. Les requins, on va dire. Mais je n'ai jamais à affronter ma peur, vu qu'il n'y a pas de requins à Brooklyn. Enfin, il y a des requins de la finance, bien sûr, mais je n'ai pas l'occasion d'en croiser…

Merde, c'est moi qui parle pour ne rien dire, maintenant, et je sens à l'air que prend Charlotte qu'elle a très bien compris que je bottais en touche. Je m'assieds, j'enfonce mon poing dans la neige et l'herbe givrée. Mon Dieu, je n'y crois pas, je vais vraiment en parler.

– Tu veux vraiment le savoir ? Même au risque de pourrir l'esprit de Noël ?

Elle sourit et se penche en avant.

– On est à la même soirée ou quoi ? On pédale dans la semoule ensemble, non ?

– Oui, c'est vrai. D'accord. Je te le dis.

Et j'ai envie de lui raconter. Vraiment. Mais les mots s'écrasent contre la boule que j'ai dans la gorge, parce que je me demande si c'est un hasard que je sois là à faire de la luge à Central Park un soir de Noël, sur le point de me confier à une quasi-inconnue anglaise.

Si d'une manière ou d'une autre, ce n'est pas maman qui m'a fait venir ici.

– Ma euh… ma mère… Comme si elle sentait que j'allais avoir besoin de son soutien, Boulette me bondit littéralement sur les genoux. Spontanément, je la serre contre moi. Ma mère est morte l'année dernière. Le jour de Noël.

Charlotte s'avance jusqu'à moi sans me quitter des yeux.

– Oh ! Anthony…

La compassion dans sa voix douce est sincère. Sa main qui serre mon avant-bras est authentique. Mais tout ce que je contiens au fond de moi depuis un an menace de rejaillir ; c'est justement pour ça que je n'en parle pas. Je n'en ai jamais discuté avec M… avec ma copine précédente. Pas après l'enterrement. C'est tout ce que j'ai trouvé pour ne pas m'écrouler.

Et je ne peux pas pleurer devant Charlotte.

Alors je me penche en avant pour embrasser la tête de Boulette. Je papouille la chienne jusqu'à ce que la boule dans ma gorge ait dégonflé et que ma poitrine se soit suffisamment desserrée pour laisser entrer plus qu'un filet d'air dans mes poumons et pouvoir de nouveau parler.

– Un cancer, dis-je à Charlotte, en espérant qu'en un mot, je m'évite d'avoir à donner de détails sur le type de cancer, la chimio, les effets de la chimio et le temps infini qui s'est écoulé entre le moment où le médecin a dit qu'il n'y avait plus d'espoir et le jour où elle est vraiment partie, l'horreur de la fin…

– Je suis désolée, souffle-t-elle.

C'est tout ce qu'on peut dire, en réalité.

– C'est pour ça que je me suis braqué à l'aéroport, tout à l'heure. Je n'avais tellement pas envie d'être à la maison que je me suis convaincu que ce serait cool de … *lui* faire la surprise. Jamais elle ne m'aurait laissé affronter les fêtes tout seul.

En fait, je suis sûr qu'elle n'a pas pensé deux secondes à la signification de cette journée pour moi.

C'est dire à quel point elle se souciait de moi.

Mais je ne le dis pas à Charlotte, parce qu'on a fini de parler de nos ex.

– Ta famille a peut-être besoin de toi, dit-elle en glissant sa main dans la mienne.

Je pouffe malgré moi.

– T'en fais pas pour eux. Ma tante Carla a pris d'assaut notre cuisine, ce matin. Il y a un festin pantagruélique chez les Monteleone, ce soir.

– Je trouve ça chouette que ta famille se réunisse pour se sentir plus forte, soudée.

– C'est une blague !?

Je ne perçois la douleur que j'ai dans le cœur qu'en entendant la douleur dans ma voix. Une pensée rebelle s'est échappée de ma forteresse et part à la conquête du monde, laissant derrière elle une blessure dans ma poitrine et un dard dans mes yeux. Boulette geint et gigote pour se mettre debout sur mes genoux. Elle frétille de la queue pour m'apaiser.

– Pardon, je marmonne. C'est juste que… Je ne comprends pas que tout le monde puisse se réunir comme d'habitude ; comme si c'était un Noël ordinaire. Ce n'est pas un Noël ordinaire, et je refuse de faire semblant. Sans elle, ce n'est pas Noël et ça le sera jamais.

Charlotte ne dit rien. Nous restons assis dans la neige, main dans la main. Je câline Boulette en prenant de profondes inspirations pour ne pas m'effondrer. Je n'ai pas pleuré depuis la mort de maman. Je ne sais pas pourquoi, mais je n'en ai pas envie. J'ai l'impression que je ne peux pas m'y autoriser.

Elle me serre à nouveau la main.

– Tu as besoin de ta famille et ils ont besoin de toi. Je peux t'accompagner, si tu veux. Si tu débarques avec une Anglaise, ça vous fera une super-anecdote à raconter Noël prochain.

Je serre sa main à mon tour.

– Tu rigoles ?

– Pourquoi pas ? Je peux faire diversion, comme ça ce sera moins une épreuve pour toi d'être à la maison. Mais d'abord, il faut que je te pose une question.

– Oui ?

– Tu veux quoi, comme Anglaise ? Mon accent normal fera l'affaire ou je me mets en mode *full Downton*, pour la blague ?

– Je n'entends pas trop la différence, pour être franc.

Elle fait une moue vexée.

– Petit effronté ! Ah !

Le projecteur qui est dirigé sur nos visages nous aveugle, et nous nous lâchons la main pour nous couvrir les yeux.

– Putain, c'est…

– Police ! On ne bouge plus !

Ah oui ! J'avais oublié que nous n'avions pas le droit d'être là.

Chapitre 9

Charlotte

23 h 30

Je dois protéger mes yeux de la lampe torche du policier qui me fait l'effet d'un projecteur, dans la nuit noire du parc.

« Je vais me faire arrêter ! » *Oh my God, oh my God, oh my God !* Je vais me faire arrêter et expulser. Je n'aurai pas le droit de remettre les pieds dans ce pays. Si je décide d'accepter la place que m'offre Columbia, je me ferai refouler par l'Immigration ! Quand j'arriverai au poste de douane, un moustachu – je l'imagine moustachu, il ne faut pas chercher à comprendre – examinera mon passeport, tapera mon nom dans son ordinateur et me toisera, genre : « Attendez, ma jolie. C'est vous la petite dame qui s'est fait arrêter pour avoir fait de la luge à Central Park ? »

Mon œil gauche se mettra à frétiller – c'est toujours ce qui m'arrive quand je m'apprête à mentir – et j'essayerai de répondre non, mais il m'interrompra en secouant la tête.

Il me rendra mon passeport et deux types plus costauds apparaîtront d'un coup. Ils diront : « Nous allons vous demander de nous suivre, mademoiselle. »

En deux temps trois mouvements, je serai sur le prochain vol retour… et je sais déjà qu'ils perdront mes valises !

J'entends Boulette qui aboie son mécontentement. Je sens Anthony gigoter et se tortiller tandis qu'il fait de son mieux pour la maîtriser. Puis c'est le son des bottes qui croustillent dans l'herbe enneigée, et je commence à me dire que s'introduire dans Central Park n'est pas le crime le plus grave du monde. Je ne vais pas louper mon vol parce que je suis en prison, tout de même ? Et ils ne m'expulseraient quand même pas pour un truc comme ça ?

« Oh non, oh non, oh non ! » Je parle pour ne rien dire et Anthony me prend à nouveau la main et la serre très fort. Quand j'ose ouvrir les yeux, je trouve les siens plantés dans les miens. Il n'est pas du tout flippé. Il a l'air très calme, comme s'il y avait quelque chose qu'il n'avait pas envie de faire. Il me passe Boulette avant de se tourner vers le policier, les mains en l'air et ouvertes. Pas en mode « je me rends », plutôt « tout va bien ».

– On est désolés, monsieur l'agent.

Le policier n'est pas très grand et il a le crâne totalement chauve. Il est aussi large que haut, avec des muscles tellement saillants qu'il pourrait faire éclater son uniforme à tout instant, façon Hulk.

– Vous n'avez pas le droit d'être ici, déclare-t-il en nous dévisageant, Anthony puis moi. Vous avez vu la clôture gigantesque ? Ça veut dire « ne pas entrer ».

Anthony lève les mains comme pour exprimer : « Ah bon ? J'ai déconné ! »

– Je suis désolé, reprend Anthony. C'est nul. D'autant plus que mon frère est flic. C'est juste que je voulais montrer un secret new-yorkais à cette jeune étrangère, c'est tout. On s'est un peu emballés. Ça doit être l'esprit de Noël.

Il secoue la tête de manière très ostensible.

Le policier examine Anthony en éclairant le dessus de nos têtes, pour ne pas nous aveugler.

– Ton frère est flic, alors ?

Anthony hoche poliment la tête.

– Oui. Luke Monteleone. Soixante-quatorzième poste à Brooklyn.

L'agent serre les lèvres, puis s'éloigne un peu. Dans la minute qui suit, tout est réglé. L'agent prend sa radio (il s'identifie comme l'agent Marquez) et demande à quelqu'un de confirmer que Luke Monteleone bosse bien au soixante-quatorzième. Quand la dame à la voix craquelée lui répond que oui, Marquez nous dit de nous relever.

– Bon, écoutez, dit-il en raccrochant la lampe à son ceinturon. Je vais oublier ce que j'ai vu ce soir. Il tourne la tête pour admirer les collines enneigées pendant quelques instants. Ses paupières frétillent et il se pince les lèvres. Je comprends. Tous les deux dans cet endroit… Vous êtes jeunes, vous voulez profiter de la nuit, et l'un de l'autre.

Je me cache le visage derrière Boulette, au cas où ma gêne deviendrait visible.

Marquez nous adresse un sourire.

– Tout ça, c'est sympa, les jeunes. Mais ce n'est pas une raison pour enfreindre la loi. Vous ne pourrez pas profiter l'un de l'autre – pourquoi il se sent obligé de dire ça comme ça ? – si vous êtes derrière des barreaux, vous comprenez ?

Le flic reprend sa radio et demande s'il y a des voitures de patrouille pas loin. Tout de suite après, nous nous retrouvons sur la Cinquième Avenue, où un véhicule de police nous attend. Je découvre une femme aux cheveux courts et un homme bouclé, tous les deux en uniforme.

L'agent Marquez s'approche de la vitre conducteur.

– Salut, Lainey.

J'en déduis que le prénom de la femme est Elaine.

– Merci, c'est sympa.

– Attendez ! j'explose. Vous allez quand même nous arrêter ?

J'envisage de piquer un sprint, mais je n'irais pas très loin avec Boulette dans les bras.

Anthony me prend la main.

– Ils nous ramènent juste à la maison. Puis à Marquez : Merci beaucoup, monsieur l'agent, mais ça ira.

L'agent Marquez secoue la tête.

– Je ne sais pas pourquoi tu veux passer ta soirée dans le parc, mais tu ferais mieux de rentrer. C'est Noël. C'est important. Je sais ce que je dis, je ne suis pas en famille, ce soir. C'est chez toi que tu devrais être.

Anthony observe le policier pendant un instant, et je vois bien qu'il a envie de protester. Il regarde ses pieds, puis moi. On dirait que je ne vais pas échapper à l'étape huit.

*

À la vitesse où roule Lainey, je me dis que moi-même, je pourrais être rentrée avant… bon d'accord, pas avant minuit ce soir, mais certainement demain pour le petit-déj'. Il faut dire qu'elle est aidée : sans tout à fait dormir, la ville somnole gentiment en attendant que le jour de Noël se lève. Les rues sont silencieuses et désertes et le bruit du moteur de Lainey en devient presque assourdissant – toute la scène est plus cool que je n'oserais l'avouer, si ce n'est que ça stresse Boulette, dont les geignements et les pleurs sont comme une supplique pour que tout ça s'arrête.

Je me tourne vers Anthony.

– Alors ton frère est flic ?

Il regarde ses genoux, mais ses lèvres retournées sont le signe que c'est un sujet qu'il n'aime pas trop aborder.

– Oui, répond-il en lançant un regard à Lainey qui discute avec son équipier. Ni l'un ni l'autre ne fait attention à nous.

– Ça ne m'est utile que pour ce genre d'occasions.

Je lui donne un coup de coude.

– Ah bon ? Parce que tu vas souvent faire de la luge dans le parc ?

Il reste muet et se contente de secouer la tête. « Laisse tomber. »

– Ça doit être cool d'avoir un frère flic, quand même.

Anthony ne se contente pas de rire, il lâche un « pfff !! ».

– Être le petit frère d'un flic de terrain… disons que quand on a un frère comme Luke, qui gagne sa vie comme ça, passer sa journée à griffonner dans un cahier, ça fait tout de suite moins classe.

– Comment ça ?

– Bah… Il se ravise, puis soupire, comme pour dire. « Bon d'accord, je vais t'expliquer. Au point où on en est ! » Mon père n'a pas fait d'études, alors il ne comprend pas trop. Là d'où je viens, les gens sont débrouillards, mais ils n'ont pas vraiment de projets d'avenir. Tu vois ce que je veux dire ? En tout cas, c'est ce qu'il me dit toujours.

Là, il prend une voix grave et rauque.

– « Anthony, fiston, à quoi ça te sert de préparer le combat de demain alors qu'aujourd'hui n'est pas encore passé et que, boum ! tu pourrais te prendre un coup de poing dans la figure ? »

– Mais tu es entré à Columbia ! Il doit quand même se dire que tu as peut-être un certain talent, que tu ne perds pas ton temps ?

– Ça oui, il le comprend, dit Anthony en me prenant Boulette des bras. Le chiot ne se réveille pas. Et il est fier, il n'y a pas de sujet. Il ne comprend pas pourquoi je veux faire ça, mais il me dit qu'il trouve ça génial que je sache écrire des histoires, que j'aie autant d'imagination. Mais…

Il reprend la voix de son père.

– « Tu ne peux pas rêver un avenir et puis le réaliser, fiston. Si on pouvait faire ça, je jouerais chez les Mets. »

– J'ai tout compris sauf la dernière phrase.

Anthony esquisse un sourire et se masse la gorge, comme si ça lui faisait mal d'avoir imité son père.

– Toutes les semaines, il me glisse sous la porte des prospectus pour l'examen de gardien de prison. Tu sais que le salaire de départ peut être de trente mille par an ?

– Je l'ignorais, réponds-je en essayant de lui renvoyer une certaine légèreté, pour que le sentiment qui bouillonne au fond de lui ne se transforme pas en colère.

Lainey s'engouffre dans le Battery Tunnel, qui, comme l'indiquent les panneaux, mène à Brooklyn. Une fois à l'intérieur, le silence devient pesant, à m'en rendre sourde.

– Il changera de rengaine, si tu fais carrière dans l'écriture.

– Je pense que mon père ne comprendra jamais. Ma mère, elle, elle aimait écouter mes histoires.

Il m'offre un sourire chargé de douceur et je reste aux aguets, au cas où il fondrait en larmes. Je suis sur le point de lui prendre le bras quand il secoue la tête et se tourne vers moi.

– Tu m'as dit qu'on t'avait offert une place à Columbia, mais je ne t'ai pas demandé. Qu'est-ce que tu y étudierais ?

– Le journalisme, mon rêve de toujours.

D'un coup, je me sens toute timide. Je parle rarement de mes espoirs et de mes ambitions, de ce que je rêve d'accomplir. J'essaye de pas montrer que c'est hyper-important pour moi.

– C'est cool, dit-il. Le programme de journalisme de Columbia est un des plus réputés de tout le nord-est ; peut-être même de tout le pays.

– Oui, c'est ce qu'on m'a dit, mais…

Je sens son regard posé sur moi.

– Mais quoi ?

« Allez, Charlotte. S'il est capable de te confier tout ça au sujet de sa mère, tu dois bien pouvoir cracher ce morceau-là. »

– Pour être franche, j'envisage de décliner l'offre.

– Tu es sérieuse ? Tu n'as pas entendu ce que je viens de dire sur la qualité du programme de…

– Si, si, je t'ai entendu.

J'essaye de lever les yeux vers lui, mais c'est comme si une main invisible et très lourde m'appuyait sur la tête pour m'obliger à fixer mes genoux. Je sais que…

Il lâche un son mi-choqué, mi-moqueur.

– C'est à cause de Co… de lui ? D'un connard du Westchester ? Il a déjà été pris, lui aussi, et tu n'as pas envie de le croiser sur le campus ?

Si seulement c'était aussi simple ! Aussi évident !

Je tends le bras pour gratouiller l'oreille de Boulette, comme si ça allait me donner le courage de parler.

– Non, non, il veut faire une année de césure pour voyager avant de commencer la fac. Mais moi, je… je ne sais pas, je ne considère plus New York de la même façon. Je suis moins sûre qu'avant de vouloir m'installer ici.

Il ne répond rien, et j'ai la sensation qu'il attend que je le regarde. Je me force. Les lumières du tunnel éclairent son visage par intermittence et donnent l'impression que son regard clignote. Comme face au miroir chez *Macy's*, ça intensifie le contact visuel.

– C'est ton rêve, dit-il. Tu ne vois plus la ville de la même façon ? OK, soit ! Alors adapte-toi. C'est ton rêve. Il reprend ma main dans la sienne et la serre. Tu en es capable.

Lainey sort du tunnel comme une bombe. L'ombre cesse de clignoter, mais nous restons les yeux dans les yeux. Au bout d'une seconde, les joues d'Anthony se contractent et il regarde devant lui.

– Tiens, dit-il en montrant l'heure sur le tableau de bord. Il y a écrit 23 h 59, il va être…

L'horloge passe à minuit. Nous nous regardons à nouveau et je suis frappée de me sentir tout à fait… à l'aise, dans cette voiture pas banale, dans cette ville étrangère, avec un garçon que j'ai rencontré il y a neuf heures et quelques. Je ne sais pas trop quoi dire ni quoi faire dans le contexte, mais en réalité, pour une raison qui m'échappe, ça ne me fait ni chaud ni froid.

Peut-être parce que contrairement à quand j'étais avec *lui*, je n'éprouve pas le besoin de me mettre en scène avec Anthony, d'être celle que j'imagine qu'il voudrait que je sois. Je lui ai montré mes bons côtés et certains des moins bons, et il n'est pas encore parti en courant. Alors oui, peut-être qu'il n'y a juste rien à dire maintenant, et que ce n'est pas grave.

– Joyeux Noël.

J'entends à peine son chuchotement par-dessus le vrombissement du moteur de Lainey, à qui je suis reconnaissante de ne pas avoir mis la sirène. Mais celle que je remercie vivement, c'est la météo. Car je ne suis pas là où je devrais être, endormie dans un avion qui amorce sa descente sur l'aéroport de Londres, Heathrow. Je ne suis plus fâchée de l'annulation de mon vol.

« C'est vraiment à ça que je suis en train de penser ? Réponds-lui, Charlotte ! »

Mais Anthony se détourne et regarde droit devant avant que j'aie le temps de le faire. J'ai encore sa main dans la mienne, alors je la serre à nouveau.

Nous restons assis en silence pendant une ou deux minutes, jusqu'à ce que Lainey – dont la voix passe fastoche au-dessus du bruit du moteur – nous demande où nous voulons être déposés.

Anthony lui indique l'adresse de chez lui et cinq minutes après la sortie du tunnel, nous arrivons devant. Nous remercions Lainey, qui nous conseille de ne pas faire de bêtises et demande à Anthony de dire à son frère de l'appeler. Puis nous descendons. La voiture de patrouille fait demi-tour et repart en direction de Manhattan pendant que nous contemplons la maison mitoyenne toute simple et son bout de pelouse devant.

L'herbe est un peu en pagaille et trop longue, mais les pots de fleurs sur le pourtour de la pelouse sont la preuve que ça n'a pas toujours été comme ça. Je me demande si la mère d'Anthony aimait jardiner. Il est en train de me broyer la main, et quand je lève les yeux, je remarque sa mâchoire serrée et ses lèvres pincées.

– N'oublie pas, lui dis-je. Si ça devient trop pesant, tu peux jeter l'Anglaise dans l'arène pour faire diversion.

Boulette aboie une fois en se tortillant dans ses bras. Nous rions tous les deux.

– Sinon, tu peux aussi balancer la petite sur quelqu'un.

C'est la première fois qu'il sourit depuis la partie de luge, j'ai l'impression.

– Même Boulette aurait du mal à supporter autant d'attention.

Mais il la tient en l'air comme un bouclier en m'entraînant sur les marches jusqu'à la porte d'entrée. Il ouvre avec sa clé, et une seconde plus tard, je suis dans l'odeur de nourriture et le bruit des conversations à voix basse. Je les reçois comme une claque agréable. La chaleur de la cuisine est comme un câlin doux qui me fait du bien après le froid de l'extérieur. Anthony m'entraîne dans un couloir lambrissé qui a l'air de faire exprès d'être démodé, tout comme la moquette moelleuse à motifs cachemire. Nous devons contourner l'immense tas de blousons et de vestes entassés les uns sur les autres sur le portemanteau.

Je le suis jusqu'à la cuisine au fond de la maison. Cinq personnes sont assises autour d'une table chargée de plats et de marmites, de bouteilles de bière, de verres à vin et d'assiettes vides. Je me demande combien de temps ils ont passé là après avoir fini de dîner, et si la cuisine est devenue pour eux un espace rassurant et protégé en cet anniversaire.

– Ça va ? On ne se laisse pas trop aller ? s'écrie Anthony en levant le bras, faussement outré. C'est quoi, cette famille qui mange ensemble ?

En bout de table, une dame âgée en gilet vert foncé préside. Du haut de son mètre cinquante, elle dégage de la puissance et de l'autorité. Elle est entourée de deux hommes qui frisent la cinquantaine (mais se tiennent à carreau). Ils ont tous les deux des taches grises de sciure ou de peinture dans leurs cheveux sombres. J'aime l'idée que ce sont peut-être des frères qui travaillent ensemble. Ça a dû être dur pour eux de devoir bosser le soir de Noël.

En même temps, ils avaient peut-être envie de s'occuper l'espri, aujourd'hui. La dame âgée fait signe à Anthony de s'asseoir et lui parle avec un accent à mi-chemin entre Brooklyn et un coin paumé en Italie.

– Il en reste plein, Antonio, dit-elle en montrant les marmites et les plats. Tu dois avoir faim, tu es sorti depuis ce matin.

– C'est vrai. T'étais où ? demande l'homme à sa droite. L'imitation d'Anthony était parfaite ; c'est son père, c'est sûr.

Ils ont tous les yeux rivés sur Anthony : un grand aux larges épaules en chemise blanche (le plus jeune dans la cuisine à part nous, donc j'imagine que c'est Luke, le flic), le deuxième cinquantenaire, la dame âgée et une femme petite et mince en gilet marron et en jupe vichy. Et ils ont tous l'air inquiet.

– Tout va bien ? demande Luke en finissant sa bière.

– Oui, oui, dit Anthony, tout va bien.

Il fait la tournée des présentations pour moi. La dame âgée est sa grand-mère, Fiorella. À sa droite, c'est son père, Tommy. À sa gauche, c'est l'oncle Frank. La dame en gilet marron, c'est la tante Carla qui, d'après ce que j'ai compris, est responsable du festin. Anthony présente Luke comme « mon grand frère, le flic ». Et je remarque que tout le monde s'illumine en entendant ça. Surtout Tommy.

Puis Luke montre Boulette.

– C'est quoi, ce chien ?

– C'est une longue histoire, répond Anthony.

Il exagère un peu, mais je ne rectifie pas.

Fiorella chausse en tâtonnant une paire de lunettes en cul-de-bouteille et se penche en avant pour m'examiner par-dessus la table.

– C'est ta nouvelle petite amie ? demande-t-elle à Anthony.

– Non, grand-mère. Charlotte est une nouvelle amie que je me suis faite ce soir, répond Anthony un peu vite.

La dame âgée me regarde à nouveau.

– Tu es malade ?

J'ai l'impression que c'est une question, mais ça ressemble plus à une affirmation.

– Non ! Non, j'insiste. Je vais très bien.

– Mais tu es très pâle, déclare-t-elle. Puis elle ajoute, en montrant la nourriture sur la table : mange quelque chose tout de suite !

Je me touche le visage par réflexe ; mon visage si pâle. Je marmonne « merci » tandis qu'Anthony s'assied sur la seule chaise vide. Luke se lève alors et va s'adosser à l'évier en m'intimant d'un geste de prendre sa place près de Carla, qui sert déjà des linguine.

Elle pose une assiette devant moi et tend l'autre à Anthony, qui serre contre lui une Boulette très intriguée.

– Donne-la-moi, dit Tommy. Je vais te débarrasser.

Anthony se lève et tend la petite chienne à son père. Les pattes de Boulette font des cercles dans l'air. Tout le monde rit, sauf grand-mère Fiorella, qui tape sur la table et insiste pour que cette pauvre chienne soit nourrie.

Carla obtempère. Elle dépose de la saucisse sur une petite assiette qu'elle pose par terre à l'intention de Boulette. Anthony et moi saupoudrons nos pâtes de parmesan. À ma première bouchée, j'essaye de rester impassible, mais ce n'est pas facile.

– Oh ! c'est froid, non ? s'alarme Carla en prenant nos assiettes. Je vais vous les réchauffer.

– Non, c'est très bon, je lui réponds. Vraiment.

À côté de moi, Anthony hoche la tête et déclare en plaisantant qu'il ne mange ses pâtes que froides comme la mort.

Carla semble horrifiée pendant un temps, puis elle éclate de rire, et les autres aussi. D'un coup, je comprends que sa famille bouscule une autre idée reçue des Anglais sur le second degré des Américains.

Je reste concentrée sur mon assiette, de peur qu'ils se rendent compte que je me demande depuis combien de temps ils sont assis à cette table tous les cinq.

Parce que j'en sais suffisamment sur eux pour savoir pourquoi tout le monde est silencieux. Je ne connais pas cette famille, mais je vois bien que personne n'a envie de parler de son chagrin, qui doit peser plus lourd que d'habitude, parce que depuis un quart d'heure, c'est le premier anniversaire de la mort d'une mère, d'une épouse et d'une sœur…

J'essaye d'alléger l'ambiance.

– Ça me fend le rosbif de vous voir vous asticoter.

Autour de moi, six mines décontenancées me fixent. J'imagine même Boulette, sous la table, qui arrête tout pour me lancer le même regard que les autres. Bien sûr, les Américains ne peuvent pas comprendre cette blaque limite.

– Tu ne nous as jamais présenté de fille aussi étrange, dit Luke. Il tend l'index vers son père tout en allant vers le frigo. Tommy opine du chef et Luke leur sort deux bières.

Puis Luke se tourne vers Anthony.

– Je peux poser la question ?

– J'aimerais mieux pas, dit Anthony, la bouche pleine de pâtes.

Je sens une boule qui vient percuter mes jambes. Je regarde sous la table ; Boulette se lèche les babines et me fait ses yeux de chien battu, tel Oliver Twist, dans l'espoir d'être resservie.

– Allez, insiste Luke entre deux gorgées. Tu étais tout excité que Maya rentre de la fac aujourd'hu, et ce soir, tu débarques avec quelqu'un d'autre !

– Charlotte est une amie, répète Anthony, comme s'ils n'avaient pas compris tout à l'heure.

– C'est louche, s'étonne Luke. Il lui lance un air de défi, et tous les autres l'imitent. Il s'est passé quoi ? Elle est rentrée de Californie avec un autre mec ?

Anthony ne répond pas, mais son silence et ses épaules qui se resserrent autour de sa mâchoire crispée en disent long.

– Non, c'est une blague, grogne Luke tandis que Fiorella agite les bras dans l'air.

– Je vais lui donner une leçon, moi, à cette fille !

Sa voix est pleine de rage ; je me détourne pour cacher mon sourire. J'aime bien la grand-mère d'Anthony…

La famille émet des onomatopées de compassion pour Anthony, mais il n'en veut pas.

– C'est bon, je vous assure, dit-il. Et il continue de manger.

Tommy secoue la tête.

– Faire ça, aujourd'hui, en plus…

Le silence enveloppe les convives comme une couverture géante. Inutile de lever les yeux pour savoir que personne ne se regarde. Mon cœur se serre pour autre chose qu'un chagrin d'amour quand je pense à ces gens qui font ce qu'ils peuvent pour gérer leur peine, mais se retrouvent sans cesse confrontés à elle.

Luke se met à persifler.

– Verre à moitié plein, tu as déjà le cadeau pour la copine de l'an prochain. Un Noël gratos !

Anthony lève les yeux au ciel.

– Arrête de me faire passer pour un grippe-sou. Je ne suis pas ça.

Luke lève les bras en riant, mais très vite, il retrouve son air sérieux.

– Tu vas bien, quand même ?

Anthony sourit à ses pâtes froides, puis se tourne vers lui et hoche la tête.

– Oui, ça va.

– Elle, je ne donne pas cher de sa peau, murmure Fiorella. Faudrait pas que je la croise dans la rue.

Anthony serre la main de sa grand-mère de l'autre côté de la table.

– Laisse tomber, grand-mère. Je vais bien, je te le promets.

Un autre silence s'installe autour de la table, un peu moins gênant, un peu moins pesant que le précédent.

Et puis Carla marmonne :

– Elle est où, la petite ? Elle pourrait venir dire bonjour, quand même. Diana !

Sa voix est si forte que je dois m'écarter pour épargner mon tympan. Boulette pousse un gémissement de surprise de sous la table. Tommy lui offre des caresses rassurantes et lui dit que tout va bien.

Une préado frêle arrive dans la cuisine. Elle porte un t-shirt *oversize* à l'effigie d'un groupe dont je n'ai jamais entendu parler. Tout à coup, je me sens vieille ! Ses yeux écarquillés demandent ce qu'elle a bien pu faire de mal, alors qu'elle était dans l'autre pièce.

– Dis bonjour à Charlotte, ordonne Fiorella. La nouvelle copine pâlotte d'Anthony.

– Non, ce n'est pas ma copine, interrompt Anthony avec une rapidité qui me donne une nouvelle fois l'impression de ne pas être une copine crédible pour un mec. Ça me fait mal de l'admettre, mais je me demande bien ce qu'il a pensé de notre baiser au *Smooch*.

– Salut, m'adresse Diana.

– Bonsoir, ravie de faire ta connaissance, je réponds.

Diana commence à tourner les talons, mais s'interrompt…

– Ah ! cool, t'es anglaise.

Un sourire se dessine sur le visage de Tommy.

– Oui, tu parles comme les gens de cette série télé. Il claque ses doigts pour essayer de se souvenir du nom de la série. Celle sur la famille où ils se marient tous avec leurs cousins.

– *Downton Abbey*, annonce Fiorella en agitant encore les bras pendant que Diana disparaît. Apparemment, c'est un geste qui fonctionne avec toutes les émotions.

– C'est ça, *Downton Abbey*, répète Tommy en prenant Boulette pour la poser sur ses genoux. T'as la même façon de parler qu'eux.

Clairement, Anthony ne blaguait pas quand il a dit qu'il trouvait ça difficile de distinguer les accents régionaux anglais. Et deux personnes qui sous-entendent que j'aurais ma place dans *Downton Abbey* le même soir, ça commence à me taper sur les nerfs. Je suis de Hamstead, qui se trouve au moins cinq marches plus bas sur l'échelle du snobisme, je leur ferai dire !

Boulette se tortille entre les mains de Tommy et se tend vers la table.

– Ça suffit, Boulette, je la gronde. Tu as été nourrie.

Elle me regarde avec ses grands yeux de chiot, comme pour dire : « Mais maman, il y a tellement de nourriture, pourquoi je ne peux pas en avoir plus ? »

Carla sourit. Elle se baisse pour ramasser la petite assiette de Boulette.

– Une dernière, dit-elle. Et après, c'est terminé. Compris ?

Elle lui remet un peu de saucisse et repose l'assiette au sol. Si Tommy ne l'avait pas tenue aussi fermement, Boulette aurait pu se faire une commotion en plongeant sur l'assiette. Elle s'attaque avec appétit à sa deuxième portion, perdant deux ou trois fois le contrôle de l'assiette, qui valse contre les pieds de la table.

– Ce serait bien qu'elle se calme un peu, commente Anthony en se resservant. Ça va être dur de lui trouver un foyer, si elle est aussi agitée.

Penché au-dessus d'elle, Luke est en train de papouiller Boulette. Il relève brusquement la tête et attaque :

– Tu ne vas quand même pas la donner !

– Tu iras la promener deux fois par jour, toi ? demande Anthony. Tu auras le temps de faire ça entre tes patrouilles ?

Je le sonde pour tenter de comprendre ce qu'il cherche à dire. Est-ce qu'il considère Boulette comme un fardeau ? Même si nous l'avons adoptée il y a peu de temps, je le croyais plus attaché à elle que ça, comme je le suis, moi. Je commence à me dire que si je n'ai pas trop pensé à mon vol annulé ni à mon retour ces dernières heures, c'est entre autres grâce à cette petite chienne. Cette petite chienne qui est un peu la nôtre.

Et si Anthony l'adoptait, alors j'aurais un espoir de la revoir un jour.

Enfin, si je reviens, bien sûr.

Mais ce n'est peut-être pas ce qu'il veut ?

Fiorella s'emporte.

– Isabella t'en aurait retourné une, si tu avais essayé d'abandonner un être vivant qui a besoin de toi. C'est comme ça qu'on t'a élevé, Antonio ?

Un silence de plomb s'abat sur la table, et j'ai la sensation qu'ils attendaient tous que quelqu'un leur fasse penser à celle qui n'est pas là ce soir. Fiorella a fini par mettre les pieds dans le plat. Tout le monde baisse les yeux, sauf moi. Luke met un point d'honneur à jouer avec Boulette.

Tommy se racle la gorge en posant sur la table son avant-bras charnu et tatoué.

– On trouvera bien une solution.

– On en trouve toujours, approuve Carla.

J'ignore le picotement que j'ai dans les yeux et je reprends mon souffle le plus discrètement possible. Anthony était à côté de la plaque, tout à l'heure dans le parc. Personne ici ne considère ce Noël comme un Noël ordinaire. Tout le monde autour de cette table a le visage crisp, et les yeux plissés et charbonneux. Ils accusent tous le coup de l'absence de la mère d'Anthony. Même moi, je suis émue, alors que je ne la connaîtrai jamais. Ils se demandent comment faire maintenant.

Si je reste trop longtemps à découvert, j'ai peur de laisser transparaître mes pensées. J'ai aussi peur de croiser le regard d'Anthony et de me mettre à pleurer pour lui. Alors je reste le nez dans mon assiette.

– Elle a bon appétit. Fiorella fait un signe approbateur de la tête à Anthony. Il a bien choisi son invitée.

Je sens qu'on me tape sur l'épaule, et en me retournant, je découvre Carla. Ses yeux marron brillent à cause des larmes qu'elle refoule. Je sais qu'elle cherche seulement à s'occuper l'esprit.

– Alors, Charlotte. Tu vis ici, maintenant ?

– Pas encore, répond Anthony. Je lui lance un regard noir. « Un, tu réponds pas à ma place, et deux, on en a déjà pas mal discuté, ce soir, et ma seule certitude, c'est que j'ai pas encore pris ma décision. »

– J'ai participé à un programme d'échange, ce semestre, j'explique. Pour voir si ça me plairait. Maintenant, il faut que je prenne la décision de revenir faire mes études à Columbia ou pas.

Carla se lève et se dirige vers le placard. Elle sort une bouteille de vin.

– Tu n'as pas encore pris ta décision ?

Elle lève la bouteille pour me demander si j'en prends.

Je secoue la tête.

– C'est une importante décision à prendre.

– C'est ton éducation, dit Carla en remplissant le verre de Frank.

J'observe sa façon de le servir, mécanique, quasi robotique, comme si elle le faisait plusieurs fois par jour. Et je remarque qu'elle a le même nez aquilin que Tommy ; un nez qui part légèrement à gauche. Je comprends que Carla est la femme de Frank et la sœur de Tommy.

Carla s'aperçoit que je la dévisage.

– Quoi ?

– Non, rien, dis-je. J'essayais de savoir qui est marié avec qui, et je viens de comprendre que Tommy et vous étiez frère et sœur.

– Elle est perspicace, dit Tommy, rieur.

Carla se rassied et se sert un verre.

– Tu devrais te donner toutes tes chances, continue-t-elle. Et Columbia est une excellente université. N'est-ce pas, Anthony ?

– Moi, ça me plaît, répond-il laconiquement.

Carla poursuit.

– Il faut profiter de sa jeunesse, poursuivre ses rêves tant qu'on en a encore l'énergie.

– À force de poursuivre ses rêves, marmonne Tommy, on risque de se faire une tendinite et de devenir un vieux boiteux. On ne peut pas lui en vouloir de pas vouloir prendre de risques.

Carla lève les yeux au ciel.

– C'est vrai, la plupart des gens ne réalisent pas leurs rêves. Mais tu pourras au moins dire que tu as essayé. Isabella, elle comprenait ça.

Un nouveau silence de plomb s'abat sur la table, plus lourd que le précédent. C'est la voix de Tommy, comme un souffle qui le brise.

– Oui, c'est vrai. C'est vrai.

Je repense à Anthony pendant nos premières heures ensemble. Il était tendu et remonté pour des raisons qui allaient bien au-delà de sa rupture. Il ne voulait pas rentrer chez lui. Mais s'il gardait tout pour lui, c'est surtout parce qu'il avait peur d'en parler. Parce que parler, c'est affronter et revivre la douleur de la mort d'une mère, d'une femme, d'une belle-sœur. L'objectif du deuil, c'est de reprendre une vie normale, mais Isabella était si importante pour cette famille qu'aucun d'entre eux ne sait vraiment à quoi ressemble la vie normale, désormais.

– Toutes mes condoléances.

Ils relèvent la tête en même temps, le visage creux, les yeux lançant des éclairs à gauche et à droite. Ils se pincent fort les lèvres, comme pour s'empêcher de fondre en larmes. Tommy et Luke hochent la tête en guise de remerciement. Frank fixe le plafond en secouant doucement la tête. Anthony regarde vers moi et je plante mes yeux dans les siens, inquiète d'avoir dit une bêtise.

– Tu es une fille bien.

C'est encore Carla. Elle a un sourire léger mais sincère, sur le visage. Puis elle secoue la tête.

– Le cancer, c'est horrible. Mais il faut continuer à vivre. Elle sourit pour me dire qu'on en a assez parlé et que personne n'a besoin ni envie de continuer. Et toi, Charlotte ? On te sert l'offre du siècle sur un plateau et tu n'es pas sûre de l'accepter ? C'est quoi, ton problème ?

– Ce n'est pas ça, j'explique. C'est juste qu'il y a beaucoup de paramètres à prendre en compte.

Fiorella grogne.

– Moi, je dis qu'il y a une histoire de garçon, là-dessous.

Je ne réponds pas. Je me contente de fixer le reste de mes pâtes froides, en me demandant comment j'ai fait pour en avaler autant aussi rapidement.

– Je vais te donner un conseil que j'aurais aimé qu'on me donne quand j'avais ton âge.

Je lève les yeux vers Carla et je comprends que ce qu'elle s'apprête à me dire doit être très sérieux, vu qu'elle a reposé son verre.

– Ne prends jamais de décision importante en fonction d'un homme. Une femme n'est une femme que lorsqu'elle pense par elle-même et qu'elle agit pour elle-même. Et de toute façon, la plupart des hommes ne méritent pas tes larmes.

J'essaye de me retenir. De garder les yeux rivés sur ceux de Carla. Mais raté, pendant une fraction de seconde, ils se posent sur Anthony.

– Bon, conclut Carla en se remettant à manger, un sourire doux mais joueur sur les lèvres. Certains d'entre eux, si, peut-être. Puis elle se tourne vers Anthony : Je suis contente que tu sois venu avec Charlotte plutôt qu'avec l'autre. Elle est jolie, mais elle a une trop haute opinion d'elle-même.

*

Après le repas, je sors Boulette dans le jardin pour la laisser courir et faire ce qu'elle a à faire, tandis que les Monteleone décompressent à l'intérieur. L'éclairage de la cuisine crée un léger halo sur une partie du jardin. Comme la pelouse de devant, le jardin est négligé et sauvage. Je fais un signe de la main à Anthony, qui est à la fenêtre. Il fait la vaisselle. À côté de lui, Carla essuie les plats. Au moment du débarrassage, elle a demandé de l'aide. Tout le monde s'est proposé mollement, et Carla a choisi Anthony sous prétexte qu'il serait « le seul à faire ça correctement ».

– Coucou.

Luke sort dans le jardin, une autre bière à la main.

Je suis là depuis moins d'une demi-heure et il en est déjà à sa troisième, si j'ai bien compté. J'espère qu'il ne travaille pas demain.

Ses yeux sont aussi grands que son sourire.

– Comment se passe ton premier Noël américain ?

Je regarde Luke, mais j'ai la silhouette d'Anthony à la fenêtre dans le coin de l'œil. Je ne saurais pas dire pourquoi, mais d'un coup, je fais plus attention à mon attitude avec Luke.

– C'est super, dis-je. Mais je ne sais pas comment je vais réussir à dormir après avoir avalé autant de pâtes.

Luke sourit et lève sa bière en guise de réponse. Je lui réponds par un sourire, le plus court possible.

– Eh bien, dit-il, tu t'y feras assez vite, je crois. D'ici aux examens de mi-semestre, tu auras un vrai estomac de New-Yorkaise.

– Si j'accepte la place à Columbia, je précise.

Luke lève les yeux au ciel.

– Ça ne se refuse pas, l'occasion est trop belle. Et puis… ça manque d'Anglaises classes sur les campus.

– On devrait y aller, non ?

Anthony apparaît dans l'encadrement de la porte. Ce n'est pas tout à fait le regard froid de défi qu'il a lancé à la soirée, mais je comprends tout de suite que ce qu'il voit ne lui plaît pas. Luke se tourne vers son frère et j'en profite pour lancer un regard interrogateur à Anthony. Il est minuit passé et il fait un froid de canard.

Pour être franche, je ne serais pas mécontente de passer un peu de temps dans cette maison chauffée, de reprendre un peu de la délicieuse nourriture préparée par Carla, et de rester éveillée jusqu'à mon départ pour l'aéroport.

Mais Anthony a l'air d'avoir très envie de partir, alors je me retourne et j'appelle Boulette, qui sort de l'obscurité en courant.

Cette petite chienne est incroyable. Certes elle est bruyante et remuante, et elle a tout le temps faim, mais elle a très vite appris son nom. (Elle est peut-être haut potentiel canin). Je la prends dans mes bras et emboîte le pas à Anthony. Il entre dans la maison et passe la tête dans le salon pour annoncer qu'on s'en va.

Le clan Monteleone nous prend pour des fous parce que nous repartons aussi tard. Tommy demande pourquoi nous tenons à ce point à errer dans le froid après une heure du matin.

Anthony lève les bras en signe d'impuissance.

– Charlotte doit retourner à l'aéroport.

– Ah bon ?

– Oh ! Anthony. Carla détache ses doigts de ceux de Frank pour se lever du canapé. J'ai quelque chose pour toi. Suis-moi.

Ils disparaissent deux minutes à l'étage. En redescendant, Anthony porte un tote-bag en toile avec une épaisse couverture en flanelle à l'intérieur.

– C'était la préférée de son chien, explique Carla.

– Oui, c'était la couverture de Max, ajoute Anthony, qui sourit en se remémorant des souvenirs. Je l'avais oubliée.

Je récupère mon sac et le passe au poignet, tandis qu'Anthony porte Boulette dans le sien. Dehors, nous nous transformons presque en sculptures de glace.

– On va où ? je demande en crispant la mâchoire. Mes dents claquent tellement que j'ai peur d'en casser une. Tu veux vraiment aller à l'aéroport ? Je ne décolle pas tout de suite.

Anthony désigne le tote-bag.

– À toi de me le dire.

Bien sûr, la dernière étape ! Je n'en reviens pas qu'on ait fait tout le livre !

Je le sors et je tourne les pages jusqu'au chapitre que je veux.

– D'après Susannah Lynch, il ne nous reste plus qu'une chose à faire. « Prenez de la hauteur. » J'imagine qu'après ça, on aura tourné la page. Je lâche un petit gloussement incrédule, mais Anthony a l'air aussi sérieux que tout à l'heure dans le jardin.

– C'est un peu vague, non ?

Il a raison. Prendre de la hauteur… Comment on fait ça ?

Avant d'avoir le temps de changer d'avis, j'attrape la main d'Anthony, et je ressens une vague d'excitation quand il répond en serrant plus fort ; nos doigts parfaitement entrelacés cette fois.

– À la station de métro la plus proche, vite !

Chapitre 10

Anthony

10. Prenez de la hauteur.

Quand on est dans une relation amoureuse, on a vite fait de se concentrer uniquement sur le monde étriqué du présent : votre conjoint et votre planning du jour. Mais chacune des neuf étapes que vous avez franchies pendant ce voyage vers un nouveau vous-même a servi à vous préparer à la suite. Cette ultime étape fait converger les neuf précédentes. Il faut vous offrir le temps et l'espace nécessaires pour dresser un bilan du chemin que vous avez parcouru. Ça vous donnera suffisamment confiance en vous pour croire que oui, vous irez loin demain.

00 h 55

Un des rares avantages qu'offre New York le soir de Noël – enfin, le matin de Noël, maintenant –, c'est que le métro est plein d'ivrognes qui causent des retards et des fermetures de stations. Résultat, les trains ne s'arrêtent pas partout et le voyage de Bensonhurst à Manhattan est beaucoup plus rapide que d'habitude. Nous atteignons la station Broadway–Lafayette Street en quinze minutes. Charlotte pose sa tête sur mon épaule et je me retrouve avec des cheveux plein la bouche et une Boulette en pleine poire. La chienne, qui était dans le tote-bag sur le siège de l'autre côté, profite de mon mouvement de recul pour me sauter dessus et me lécher le bout du nez. J'espère que Charlotte ne dort pas, parce que je ne sais pas où elle nous emmène. Je lui ai posé la question sur le trajet vers la station de métro, puis en passant les tourniquets, et enfin, en montant dans la rame de la ligne D.

– Tu m'emmènes où ?

À chaque fois, elle a répondu : « Tu verras ! »

En temps normal, c'est un comportement qui m'énerverait au plus haut point. Mais elle a accompagné chaque réponse évasive d'un sourire en coin, et ça m'a mis en joie.

Maintenant, je repense aux paroles de ma tante Carla quand on est montés chercher le tote-bag de Max.

– Tu es bien tombé, mon chéri, m'a-t-elle lancé en fouillant dans le placard de la chambre de mes parents.

Le placard de maman qui n'a pas été ouvert depuis un an.

– Comment ça ? j'ai demandé, même si j'avais une petite idée de ce qu'elle voulait dire. Je ne vois pas vraiment d'autre explication à ce soulagement que j'ai éprouvé… parce que quelqu'un le verbalisait avant moi. La preuve que je ne suis pas fou, que je ne prends pas mes rêves pour des réalités.

– Une perle vient d'entrer comme par magie dans ta vie, a-t-elle expliqué en secouant la tête, un large sourire aux lèvres, comme si j'étais trop bête pour comprendre. Cette fille en bas est assez géniale.

J'ai senti mon visage s'illuminer en même temps que mon estomac se retournait dans tous les sens. Ça me réjouissait que Carla soit de mon avis, mais j'étais malade d'incertitude. Parce qu'à un moment, j'ai quand même été convaincu que Maya et moi, c'était pour l'éternité. Sauf que l'éternité a duré un peu plus d'une année et s'est terminée à l'aéroport de Kennedy. S'il y a une chose que j'ai comprise aujourd'hui, c'est que je n'ai pas la moindre idée de ce que les femmes ont dans la tête. Jamais. La seule certitude que j'ai, c'est que Charlotte est une femme qui va, elle aussi, me quitter ce 25 décembre. Alors c'est vrai que dans son cas, c'était prévu depuis le début, vu qu'il y a l'Angleterre, sa vie là-bas, sa famille, tout ça… Mais n'empêche. Avec moi, les filles ont tendance à ne pas rester.

Et là, ça m'a repris. Cette sensation d'avoir avalé des éclats de verre qui sont allés se loger dans ma poitrine.

– Profites-en pour tourner la page, a continué tante Carla, en se relevant pour ranger soigneusement les vêtements pliés qu'elle avait déplacés pour attraper le tote-bag. Tout était remis exactement au même endroit, comme si on n'y avait pas touché, comme si rien n'avait changé. Les pages ont du mal à se tourner, dans cette famille.

– Elle rentre chez elle dans quelques heures, j'ai répondu. Et elle n'est pas sûre de vouloir revenir.

– Elle reviendra, a dit Carla en me tendant le sac. Elle aura tout le vol pour y penser, et en atterrissant, elle saura qu'elle veut revenir. Mais elle ne prendra cette décision que si elle sait qu'elle a une raison de revenir. Il faut que tu lui dises…

En repensant aux paroles de Carla, je pose ma tête sur l'épaule de Charlotte. L'odeur de lilas de ses cheveux me fait un peu tourner la tête. C'est agréable d'être tout près de quelqu'un, et que ce soit détendu et naturel. Carla m'a conseillé de le lui dire, mais est-ce que c'est vraiment ce que veut Charlotte ? Elle n'a pas spécialement l'air de s'intéresser à moi, a priori. Ça ne lui avait même pas traversé l'esprit qu'on pourrait s'embrasser au *Smooch*, avant que je le lui propose. Et en plus, elle a un peu paniqué avant de répondre. Et puis, elle n'en a pas reparlé depuis. En plus, c'est très possible qu'elle ait dragué mon frère dans le jardin, tout à l'heure.

Je me dis que je pourrais facilement tirer les choses au clair en lui demandant ce qu'elle veut et ce qu'elle ressent. Mais comment je fais ça ? Est-ce que je lui pose la question ici, dans le métro ? Il y a un yuppie alcoolisé allongé sur le siège d'en face, qui parle dans son sommeil. Une histoire d'actions, je n'y comprends rien. Ou je le fais à l'aéroport avant qu'elle s'en aille (potentiellement pour toujours) ? À quoi ça m'avancerait ?

« Elle saurait qu'elle a une raison de revenir, que New York a beaucoup plus à lui offrir que ce crétin de hipster. Et puis d'abord, tu sauras ce qu'elle ressent, alors que si tu ne lui demandes pas… »

Mais avant ça, j'ai une autre question à lui poser. Je m'en veux d'avoir besoin de le faire, mais je ne peux pas ne pas la poser.

– Eh, je lui dis doucement en soulevant mon épaule sur laquelle elle se repose.

Elle me regarde à travers les mèches de cheveux qui lui sont tombées sur le visage et que je meurs d'envie d'écarter. Je le ferai peut-être au moment de la question suivante.

– De quoi vous parliez, Luke et toi, dans le jardin ?

– De pas grand-chose, me répond-elle sans attendre. Elle ne semble pas se demander pourquoi je pose la question. Je crois qu'il cherchait juste à m'arranger à la sauce Worcestershire.

Génial. C'est vraiment le moment idéal pour avoir à réclamer un sous-titrage.

Elle voit ma tête et précise dans un bâillement :

– Je crois que chez vous, on dirait « monter le bourrichon ». C'est ça ? Ce n'est pas moi qui l'intéressais. Ce qu'il voulait, c'était te rendre jaloux, voir si tu allais piquer une crise. Elle repose la tête sur mon épaule. Bâille à nouveau. C'est un petit jeu entre vous, non ?

En une heure chez moi, elle a déjà capté ça. En une année entière, Maya n'y était pas arrivée. Elle, elle en jouait toujours. On lui offrait de l'attention et elle était incapable de refuser. Même si ça me mettait très mal à l'aise devant ma famille.

« Arrête, mec. Charlotte comprend. Elle te comprend. Dis-lui ce que tu ressens. »

– Luke a toujours été très doué pour me mettre en boule. Je ne repose pas ma tête contre la sienne parce que j'ai le cœur qui bat tellement fort que j'ai peur de lui faire un bleu. Ce soir, il se doutait que je tomberais dans le panneau parce que… j'imagine qu'il a compris que je… euh… Je…

Misère, pourquoi c'est si dur ?

– J'avais une raison de m'énerver. Si tu m'avais demandé cet après-midi si je me croyais capable d'être à nouveau heureux un jour, je t'aurais sans doute ri au nez. Parce que je pense que je ne me suis jamais senti aussi minable qu'après… après la scène de l'aéroport. Mais il m'a fallu à peine quelques heures avec toi pour aller mieux. Et ça m'épate. Je ne sais pas où ça va nous mener, pour être franc. Mais je… Je me souviens de t'avoir regardée monter sur ce vélo et pédaler en me demandant jusqu'où on allait bien pouvoir pousser la dinguerie ce soir. Et j'avais envie de le découvrir. Et c'est encore ce que je ressens maintenant. Je sais qu'il y a quelque chose entre nous aujourd'hui. Demain, dans le futur… j'ai envie de le découvrir.

« Dis-lui ce que tu ressens ! » Tu parles ! Je n'ai pas fait que tourner autour du pot, j'ai dansé le moonwalk et le gangnam style autour du pot. Si ça se trouve, j'ai juste réussi à la rendormir, à force de causer.

– Je savais que tu m'aimais… Il me semble que le temps ralentit juste assez pour me laisser le temps d'éprouver une explosion de bonheur dans le cœur, suivie immédiatement d'un coup de poing dans le ventre, à l'instant où je prends conscience de ce qu'elle va dire juste après… « Colin. »

Puis sa voix et son souffle se transforment en ronflement. Elle dort. Sans doute depuis un moment. Et elle rêve de son ex, le type qui lui a brisé le cœur et qui l'a humiliée à la soirée.

Je suis là, à côté d'elle, et elle pleure encore pour lui. Même dans son autre dimension, dans sa réalité parallèle, Colin reste Colin et elle l'aime encore.

Une fois de plus, j'ai la sensation d'avoir avalé des éclats de verre. Sauf que là, je suis en plus au bord du vomissement.

Je suis trop bête de ne pas avoir compris qu'elle est encore attachée à lui. Elle envisage de renoncer à son rêve parce qu'elle ne supporte pas l'idée d'être dans le même pays que le gars qui a décidé qu'il ne voulait plus d'elle. Mais je suis aussi trop bête d'avoir choisi de ne pas voir qu'elle ne montre aucun signe d'attirance pour moi. Pour Charlotte, je ne suis rien de plus qu'un petit mec de Brooklyn qui a décidé de la suivre partout où elle allait comme un petit chien.

Assis sur la banquette, je continue à bouillir intérieurement en me traitant de tous les noms, quand l'annonce « Quatrième Rue

Ouest » réveille Charlotte. Elle se frotte le visage et se passe les cheveux derrière les oreilles.

– On est où ?

– Quatrième Rue Ouest, dis-je en maintenant un ton neutre et calme. Le ton de quelqu'un qui s'en fiche un peu. Écoute, si tu es fatiguée, on ferait mieux de zapper la dernière étape.

– Quoi ? Non. J'ai envie de continuer de…

– T'as l'air crevée.

Je me pousse vers la droite, aussi loin que possible d'elle. Je regarde droit devant moi, mais je sens son regard me transpercer la joue.

– Tu as un bon pour une chambre d'hôtel, non ? Tu pourrais peut-être t'en servir, dormir un peu avant de prendre ton avion.

– Mais il ne nous reste plus qu'une étape… Elle a l'air perplexe et déterminée à la fois. Il faut qu'on aille jusqu'au bout.

– Tu es crevée, je répète. Je n'ai pas envie de me laisser entraîner dans un débat. Et si l'hôtel refuse de prendre le bon après minuit, je te dépannerai. J'aime mieux te savoir en sécurité. Ce ne sera pas une grande chambre chicos, hein. Vu que je ne suis pas un connard du Westchester blindé de thune, ma générosité a des limites. « Qu'est-ce qui t'a pris de dire ça ? ») Mais je peux m'assurer que tu dors quelque part.

– Qu'est-ce qui t'arrive ?

Nos yeux se croisent dans le reflet de la fenêtre d'en face, pendant que les lumières du tunnel clignotent. Elle a l'air blessée, hébétée… Ça me fend le cœur. Le yuppie bourré marmonne qu'il n'aurait jamais dû laisser un intermédiaire gérer la dépréciation. S'il le dit…

– Rien du tout, réponds-je. Mais je pense qu'on devrait arrêter là.

Nous continuons à nous regarder dans le reflet de la fenêtre. Le métro ralentit en entrant dans la station suivante.

« Ce train est en direction du Bronx. Le prochain arrêt est Trente-Quatrième Rue – Herald Square .»

Le train s'arrête brutalement. Le crissement me rend fou. Charlotte se retrouve propulsée contre moi.

– Bon. De toute façon, c'est ici que j'avais prévu de descendre.

Elle se lève et se dirige vers les portes qui s'ouvrent. Il est une heure du matin, alors personne ne la ralentit. Je la regarde partir ; une Anglaise dans le métro le jour de Noël, qui vient de se faire envoyer balader par son seul ami à New York. Je devrais la laisser partir.

Mais je me lève d'un bond, parce que… malgré tout, je n'ai aucune envie d'être loin d'elle.

– Char…

Je m'arrête net en entendant geindre derrière moi. Je fais volte-face. Boulette ! J'étais tellement englué dans ma pseudo-dispute avec Charlotte que j'ai failli oublier la petite chienne.

– Oh ! viens ici, ma puce, lui dis-je en ramassant le sac. Je suis désolé. Je ne voulais pas t'abandonner.

« Éloignez-vous des portes, s'il vous plaît. »

– Quoi ?

En me retournant, je sais que je n'y arriverai pas. Les portes sont déjà en train de se fermer. Merde !

J'aperçois Charlotte sur le quai, elle s'éloigne du train en me parlant, sans s'apercevoir que je ne suis pas derrière elle. Elle doit être en train de me reprocher de vouloir écourter notre aventure.

Les portes se referment et je me retrouve piégé dans la rame alors qu'elle est sur le quai. En entendant le claquement, elle finit par comprendre que je ne suis pas là.

Elle se retourne. Nous nous regardons dans le blanc des yeux tandis que le train s'éloigne en hoquetant, direction la Quarante-Deuxième Rue.

Je cours jusqu'à la porte et je plaque ma main libre sur la vitre pour lui dire… quoi ?

« Attends-moi » ?

« Je crois que je t'aime » ?

Mais je n'ai pas le temps. Le métro s'engouffre dans le tunnel et je me retrouve plongé dans la pénombre.

J'attire Boulette plus près de moi et je me laisse tomber sur la banquette. Le yuppie se réveille en sursaut, l'air inquiet.

Je n'en reviens pas. Charlotte est entrée comme par magie dans ma vie tout à l'heure.

Et voilà que je suis arraché à la sienne !

Chapitre 11

Charlotte

1 h 10

« Éloignez-vous des portes, s'il vous plaît. »

– Tu es sérieux, dis-je à Anthony en posant le pied sur le quai. Ça te va de t'arrêter maintenant ? Alors qu'il nous reste une seule étape à faire ? Je ne suis pas obsessionnelle, mais je trouve ça quand même franchement…

Le claquement des portes m'interpelle, je me retourne. Et là, je vois qu'Anthony est encore dans le train, Boulette dans le sac entre son ventre. Il a entendu le haut-parleur, mais n'est pas descendu du train.

Je sens mes épaules tomber. On se toise pendant les deux ou trois secondes qu'il faut au train pour repartir. Anthony s'avance jusqu'à la porte, mais ne m'envoie aucun message.

Puis le train repart en direction de la Quarante-Deuxième Rue. Il est piégé dans le train. Accident ou pas ?

Il y a un moyen de le savoir. Je plonge la main dans mon sac pour en sortir mon téléphone, mais en déverrouillant l'écran, je me rappelle que je n'ai pas le numéro d'Anthony. Je n'en ai pas vraiment eu besoin ce soir, étant donné qu'on a dû passer au maximum onze minutes l'un sans l'autre depuis que je lui ai balancé ce fichu *Oubliez votre ex en dix étapes* sur le pied… l'incident qui m'a mise dans cette panade.

« Bon, ce n'est pas la fin du monde. » Il va descendre à l'arrêt Quarante-Deuxième Rue, remonter dans le train en direction de Brooklyn et revenir. S'il veut revenir.

C'est évident qu'il va faire ça, non ? Je refuse d'envisager l'autre option pour l'instant. Je ne peux pas admettre que la dernière image que j'aurai d'Anthony soit sa tête ahurie à la fenêtre du train qui quittait la station Trente-Quatrième Rue. Alors je monte l'escalier et je redescends sur le quai direction Brooklyn. Je m'assieds sur un banc en espérant que je ne le louperai pas. (Il va bien prendre un train orange pour revenir, non ? Pas un jaune ou un autre, quand même ? « Misère ! si seulement j'avais passé plus de temps dans Manhattan ! »)

J'attends cinq minutes. Un train de la ligne F entre en gare et s'arrête. Trois passagers descendent. Aucun d'entre eux n'est Anthony. Les portes se referment et le train s'engouffre à nouveau dans le tunnel.

Quand tout redevient silencieux, j'avale ma salive. Ça me titille, même si je n'ai pas envie d'y penser.

Accident, ou pas accident ?

« Bon, Charlotte. Réfléchis. »

Mais j'ai du mal, parce que je ne comprends pas vraiment ce qui s'est passé.

Pourquoi d'un coup, il a voulu arrêter les étapes ?

Il a traité Colin de « connard du Westchester blindé de thune ». Il a raison sur au moins un des trois qualificatifs. Mais pourquoi il a dit ça ? Il me faisait comprendre qu'il n'était pas un connard du Westchester…

D'accord… Mais qu'il pouvait quand même me payer une chambre d'hôtel. Il voulait se débarrasser de moi ? Après tout ce que nous avons vécu aujourd'hui, tous les deux ? Non, c'est pas logique.

À moins que…

Dix minutes s'écoulent, et deux trains en direction de Brooklyn sont entrés en gare sur le quai d'en face. Les deux fois, peu de gens sont descendus, et aucun d'entre eux ne portait un bouledogue dans un sac en toile.

Il ne va pas revenir.

Il m'a abandonnée ici. Mais c'est quoi, ce délire ?!

Je contemple le quai – ce spectacle de désolation et de fin du monde – et je m'interroge. Si Anthony ne revient pas, je fais quoi ? Je suis perdue au beau milieu de Manhattan, en pleine nuit, et je n'ai même pas le numéro de téléphone du mec que j'aurais pu considérer comme mon meilleur ami. Je pourrais essayer de joindre Colin, peut-être, s'il arrive à se décoller de Katie…

Attends. Pourquoi je pense à Colin, d'un coup ?

En fait, j'ai une drôle de sensation ; comme si je venais de lui parler… en rêve.

Oh my God, oh my God, oh my God, j'étais en train de penser à Colin en somnolant. Ça me revient maintenant. Je retrouve la mémoire comme on retrouve un film après la pub.

Je me suis revue à la soirée chez Katie, dehors sur le balcon. Je regardais Colin, comme il y a six heures, sauf que cette fois, il me tenait la main, c'était plus fort que lui, il ne pouvait pas s'empêcher de me toucher. Il s'accrochait à moi parce qu'il avait besoin d'être tout près de moi, il ne pouvait pas supporter d'être loin. Et « loin », ça voulait dire « à plus d'un mètre ». Il m'avouait que ça avait été une erreur stupide de se mettre avec Katie et qu'en fait, si, il avait bien répondu qu'il m'aimait, au Lincoln Center. Que je n'avais pas rêvé. Qu'il m'aimait.

Et moi, j'ai répondu… Oh merde ! qu'est-ce que j'ai répondu ? Qu'est-ce que j'ai répondu ?

« Je savais que tu m'aimais, Colin. »

Mais dans l'histoire que je me suis *sou-ventée*, je n'étais pas comblée. J'étais triomphante d'avoir eu raison et de l'entendre admettre qu'il était un tocard et qu'il regrettait d'avoir été aussi odieux avec moi alors que je n'avais pas mérité ça. Je me préparais à lui passer un savon, quand j'ai piqué du nez. Et puis d'un coup, je me suis réveillée et Anthony se comportait bizarrement avec moi, comme pour me prouver que les garçons étaient tous les mêmes : lunatiques, irascibles et énervants.

Je laisse échapper un soupir profond. Je ferais mieux de sortir tout de suite de la station. Je ne vais pas traîner ici toute seule. Agrippée à mon tote-bag, je traverse Herald Square en courant. Je ne suis passée ici que deux fois depuis mon arrivée, mais c'était moins désert les autres fois. Rue après rue, tout est désert et silencieux. Je sursaute en entendant un moteur de voiture près de moi. Dans l'obscurité, la lumière des lampadaires éclaire tout de manière exagérée. Mais ça me rassure, ça fait moins peur.

L'espace d'un instant, j'envisage de retourner à Bensonhurst. Je pourrais réveiller sa famille à deux heures du matin pour leur expliquer qu'on a été séparés. Je récupérerais le numéro de téléphone d'Anthony et je l'appellerais pour lui demander si ça va… après l'avoir traité de face de Nessie pour m'avoir plantée. Mais soyons réalistes : le gars qui abandonne une fille toute seule à une heure du matin en plein Manhattan le jour de Noël, ce gars-là ne va pas répondre au téléphone. Et même si je suis furieuse, je n'ai pas envie de le mettre en porte-à-faux avec sa famille. Je lui ai montré toutes mes facettes et il est parti en courant.

Mais quel sale con !

Qu'est-ce qui s'est passé ? Pourquoi il s'est mis à m'agresser ? Pourquoi il a décidé d'un coup qu'il ne voulait plus faire la dernière étape ? Et qu'il serait très content de régler son problème en me casant dans une chambre d'hôtel jusqu'à l'heure de mon vol ?

C'est vrai, je somnolais, j'étais à moitié endormie. Mais comment peut-on mettre un garçon dans une telle colère, si on n'est même pas consciente ?

Je me passe la main dans les cheveux et secoue la tête pour essayer de me réveiller. Mais je suis épuisée. C'est comme si une main géante et visqueuse m'appuyait sur l'arrière de la tête. J'ai très envie de dormir. J'ai très envie de rentrer chez moi. J'ai très envie de retrouver Anthony pour lui demander ce qui lui a pris. « Tu me laisses en plan au petit matin de Noël, et en plus, tu voles notre chien ? »

Je marche dans un sens, puis dans l'autre, sans vraiment savoir où je vais. Puis je me retourne vers la station Trente-Quatrième Rue-Herald Square, dans l'espoir de voir accourir Anthony et Boulette. Mais la rue est déserte, et le rideau qui cache la vitrine de *Macy's* a l'air si sévère que la nuit commence à prendre des allures dystopiques.

Il ne va pas revenir. Il est parti.

*

Je passe quelques minutes à errer sans but dans la Trente-Quatrième Rue. J'essaye de ne pas trop penser à la sensation de fin du monde que me procure cet endroit à cette heure de la nuit, déserté par le monde et les voitures. Chaque taxi qui passe semble se traîner, et j'imagine les chauffeurs qui scrutent les rues, à gauche puis à droite, dans l'espoir de repérer des survivants.

Et maintenant, qu'est-ce qui se passe ? Les instructions de la dernière étape, c'était de « prendre de la hauteur », mais c'est difficile, quand on n'a qu'une ville déserte et sombre à portée de main. Une ville déserte et sombre où, apparemment, je n'ai pas un seul ami. Ni les filles de Sacred Heart – qui sont capables de me piquer mon mec à la seconde où on se sépare – ni Anthony, mon compagnon de route pour un périple qui, finalement, ne menait nulle part.

Et puis merde, qu'il aille se faire voir ! Je ne vais pas rester plantée là dans le froid et attendre qu'il décide de m'honorer de sa présence.

Je vais faire ce que j'avais prévu de faire en descendant du train. Je vais à l'Empire State Building.

J'entends hurler des trompettes au fond de mon tote-bag. Mon téléphone ! Un texto. Peut-être qu'Anthony a trouvé mon numéro ? Ce ne serait pas le truc le plus dur du monde, non plus.

Mais ce n'est qu'un message de la compagnie aérienne, pour m'informer que compte tenu des retards et des annulations, ils organisent des vols supplémentaires d'urgence vers Londres. Le suivant décolle à cinq heures du matin et mon nom est sur la liste de passagers. Je pourrais être rentrée à temps pour le déjeuner de Noël. Je ne serais pas obligée de fuir les spoilers de *Doctor Who* toute la journée ! C'est un miracle de Noël !

Mais si je fais ça, si je pars tout de suite pour l'aéroport, Anthony ne me retrouvera jamais, si tant est qu'il essaye de le faire (et pourquoi ferait-il ça, si son objectif était réellement de me laisser en plan ?), et je ne le reverrai jamais. Mon ami new-yorkais d'un jour, pour qui je commençais à ressentir plus que de l'amitié. Je retrouverai peut-être ma famille que j'aime, mais le sentiment prédominant que j'éprouverai, ce sera le manque… le manque de quoi ? D'Anthony ? Non, c'est impossible, je le connais à peine.

Je serai sans doute nostalgique de ce qui aurait pu être.

Je me retourne pour fixer l'entrée de la station, sans cligner d'une paupière, pour laisser autant de temps que possible à mon ami d'un jour de faire son apparition, notre chien entre les bras et un air contrit sur le visage. Mais personne ne sort de la bouche de métro.

Je consulte ma montre ; il est presque deux heures moins le quart.

Si mon destin est de ne plus jamais remettre les pieds ici, pas question que je reparte sans avoir bouclé l'étape dix. Et si les informations que me donne mon téléphone sont justes, la terrasse panoramique ferme à deux heures, toutes les nuits.

Je m'éloigne de la station, direction la Cinquième Avenue.

Chapitre 12

Anthony

1 h 12

Mais comment j'ai pu être aussi bête ?

Charlotte va croire que j'ai fait exprès de la laisser en plan, surtout après ma tirade sur la chambre d'hôtel et mon refus de finir les étapes. Elle ne s'est sans doute même pas rendu compte de ce qu'elle avait dit. Pour elle, j'ai dû me transformer en connard en une seconde.

Je sais bien que ce n'est pas parce qu'elle a prononcé le nom de Colin dans un demi-sommeil qu'elle veut se remettre avec lui.

Je m'assieds sur la banquette avec Boulette et je la serre contre moi en réfléchissant à la marche à suivre. L'arrêt suivant, c'est Quarante-Deuxième Rue. Je peux descendre là et reprendre un train jusqu'à l'arrêt précédent. Si Charlotte met un peu de temps à se ressaisir, elle sera peut-être encore là quand j'arriverai à Herald Square…

Dans le tunnel, un train en direction de Brooklyn croise le mien. C'est bon, c'est bon. J'aurai peut-être quelques minutes d'attente à Quarante-Deuxième Rue, mais elle va patienter. Elle sera encore là quand j'arriverai.

Et en même temps me vient l'étrange sensation qu'elle ne sera plus là, en fait. Qu'elle considère ce qui vient de se passer comme un abandon. Je l'ai abandonnée et j'ai volé notre chien. J'essaye de me raisonner, de me convaincre que je m'emballe. Mais c'est plus fort que moi, c'est un désastre. Cette soirée merveilleuse part en sucette à deux mètres du buffet. Et contrairement à ma relation précédente, tout est ma faute, vu que c'est moi qui ai fait n'importe quoi. Cette fille gentille, intelligente et terre à terre, qui avait l'air de m'apprécier et de me comprendre, avait choisi de passer sa dernière nuit à New York avec moi. Et au moment où cette soirée, somme toute presque parfaite, touchait à sa fin, je gâche tout en lui balançant une baloche de têtard.

Je ne sais pas si ça se dit comme ça, mais je suis déjà en train de parler comme elle dans ma tête ! « Bouge-toi, le train ! Arrive à la Quarante-Deuxième Rue. S'il te plaît ! » J'aimerais vraiment que tout se goupille bien, pour une fois. Parce que sinon, si je n'arrive pas rapidement à Trente-Quatrième Rue-Herald Square, j'aurai perdu Charlotte pour toujours. Je n'aurai aucune chance de la retrouver, parce que andouille comme je suis, je ne lui ai même pas demandé son nom de famille. Je ne peux pas la retrouver sur Instagram. Je pourrais poster dans « Coup de pouce au destin » sur Craiglist, un truc du genre : « Tu t'appelles Charlotte et tu es anglaise. Tu es drôle quand tu jures et tu avais peur de faire de la luge jusqu'à ce que tu te lances. On a passé la meilleure soirée de l'histoire et je suis le gros naze qui t'a laissée descendre du train. »

Mon train s'arrête au milieu du tunnel. Le conducteur nous annonce – enfin, m'annonce, vu que je suis le seul voyageur éveillé de la rame – qu'il y a un voyageur malade dans le train devant nous et que nous allons redémarrer dans quelques minutes, après l'intervention des secours.

Boulette me regarde et pleurniche.

– On va la retrouver, je lui chuchote.

*

– Je sais, je sais, je souffle à Boulette. Je suis hors d'haleine d'avoir couru et la petite chienne jappe d'agacement parce que je la serre trop fort. Soit elle a peur que je la fasse tomber, soit elle est gênée par les battements de mon cœur qui palpite contre son oreille.

– Ça vaudra le coup, si elle est encore là.

Pourvu qu'elle soit encore là.

D'après mon téléphone, il se sera écoulé une demi-heure entre le moment où nous avons été séparés et mon arrivée à Herald Square. Après l'incident voyageur, quand j'ai fini par arriver à

Quarante-Deuxième Rue, le train direction Brooklyn venait de partir. J'ai dû attendre le suivant pendant ce qui m'a semblé être une éternité, mais c'était probablement cinq minutes et quelques.

Me voilà, maintenant. Charlotte m'aura bien accordé une demi-heure, quand même ?

Mais quand j'arrive sur le quai de Trente-Quatrième Rue-Herald Square, elle est introuvable. Je crie son nom, mais la seule réponse que je reçois est mon écho. Je cours jusqu'au bout du quai, mais je ne croise qu'un type en parka huilée par-dessus une chemise à motis écossais qui ressemble tellement à ma tenue que je commence à me demander si tout ça n'est pas qu'une hallucination. Si ça se trouve, je suis endormi dans la rame de la ligne D depuis le début, Charlotte est assise à côté de moi.

Je sens Boulette me mordiller le bras, l'air de dire : « Sérieux, papa, il faut que t'arrêtes de courir. » Et je ne peux plus nier que ce qui m'arrive, c'est la réalité. C'est vraiment arrivé.

Charlotte n'est plus là.

Je m'arrête, je m'assieds sur le banc pour laisser à Boulette le temps de recouvrer ses esprits. J'ai tout gâché… Quel nul ! Charlotte n'était pas mon lot de consolation après Maya, elle n'était pas une planche de salut, rien de tout ça. C'était une fille que j'avais rencontrée, une fille qui me plaisait. Et elle m'aurait plu, même si je l'avais rencontrée un jour où j'allais super-bien.

Et maintenant, je l'ai perdue.

Boulette aboie. Je ne sais pas si elle veut seulement que je la pose par terre ou si elle m'ordonne d'arrêter de me morfondre et de trouver une solution. Même si je connais Charlotte depuis moins de dix heures, je crois que j'ai peut-être un coup à tenter. Où est-ce qu'elle a bien pu aller ? Il faut juste que je réfléchisse…

Elle m'emmenait quelque part, et c'était dans ce quartier.

L'étape dix… l'étape dix… « Prenez de la hauteur. »

« Mais bien sûr ! » Je sais où Charlotte voulait aller. Ce n'est pas la première fois que j'en viens à cette conclusion ce soir, mais cette fois, je ne suis pas agacé, j'exulte. D'un coup, l'idée pourrie de touriste de Charlotte me semble absolument parfaite.

Je serre le tote-bag contre moi en prenant la voix la plus rassurante possible à l'intention de Boulette.

– Bon, ma fifille, va falloir que tu fasses la peluche, maintenant. Tu ne peux pas gigoter, ni te tortiller, ni faire du bruit… On va monter à l'Empire State Building !

*

Il me faut deux minutes pour arriver à l'accueil. Je suis fier de Boulette, qui se tient à carreau dans le vieux tote-bag de Max. De l'autre côté de la paroi de verre, la vendeuse de billets d'âge moyen remet son téléphone dans sa poche en me voyant arriver au pas de course. J'ai la sinistre impression qu'elle s'apprête à fermer. Elle me fait une moue pour s'excuser.

– Dites-moi seulement, dis-je, haletant, si une jeune Anglaise est passée il y a quelques minutes. Vous l'avez vue repartir ?

– On a beaucoup de touristes, mon petit, répond-elle en replongeant les yeux dans son sac à main. Sur son badge, il y a écrit « Paula ».

– Je vous en conjure, madame. Il est presque deux heures du matin la nuit de Noël. Vous n'avez pas pu voir passer tant de gens que ça à cette heure-ci.

Je ne sais pas si c'est ma voix qui s'étrangle ou le jappement de Boulette qui veut dire : « Eh, madame, il est amoureux, le petit ! », mais quand Paula me regarde à nouveau, elle a un air très sérieux. Personne ne débarque à l'Empire State Building avec un chiot à deux heures le matin de Noël, en cherchant une Anglaise, à moins d'avoir une très bonne raison de le faire !

Je dois vraiment avoir l'air désespéré, parce qu'elle hoche la tête et se met à taper sur le clavier devant elle.

– Quelqu'un est passé, dit-elle, il y a quelques minutes.

Elle se penche pour récupérer le ticket qu'elle m'a imprimé et je lui mets un billet dans la main. Je surpaye la visite et je m'en balance.

Paula m'informe que j'ai dix minutes, pas plus. Elle doit rentrer chez elle.

« Paula, je vous aime ! Moins que Charlotte, mais vous êtes bonne deuxième à cet instant précis. »

Je prends deux ascenseurs jusqu'à la terrasse panoramique et j'attends à peine que les portes soient ouvertes pour en sortir. C'est quasiment désert, en dehors d'un couple âgé à ma gauche. Ils se tiennent par les épaules et portent des manteaux en laine assortis et des gants épais ; des écharpes leur couvrent la moitié du visage. Ils regardent vers l'ouest, par-dessus l'Hudson, en direction du New Jersey. Ils sont sereins, heureux. Mais je m'en fiche, je cherche ma sérénité et mon bonheur à moi.

Le froid hivernal est encore plus cinglant à cette hauteur. La neige a recommencé à tomber assez fort pour que Boulette se recroqueville dans le sac pour être au chaud et à l'abri.

Où est-elle ?

Maintenant que je suis ici, je me dis que si ça se trouve, Charlotte a fini de prendre de la hauteur et qu'elle est redescendue.

Si ça se trouve, on s'est croisés sans le savoir.

Si ça se trouve, elle pense que je n'ai pas cherché à la retrouver.

Non, c'est impossible, Paula est de mon côté, non ? Elle interceptera Charlotte et l'empêchera de repartir sans moi.

Elle est forcément ici. Je fais tout le tour de la terrasse sans un regard pour la vue somptueuse qui s'étale à mes pieds. La ligne d'horizon de New York pourrait tout aussi bien être faite de carton et de polystyrène, tellement je m'en désintéresse.

Il n'y a qu'une seule vue que je veux admirer.

Et la voilà, face à l'Hudson, qui contemple le… Pourquoi elle contemple le New Jersey ? Je sais bien qu'elle n'est pas d'ici, mais sérieux, ma jolie. J'hallucine. Je cours vers elle pour la remettre dans le bon sens : face à moi. Une fois que je l'aurai embrassée, elle oubliera jusqu'à l'existence du New Jersey (ce qui est une excellente philosophie de la vie). Je lui touche l'épaule et…

Ce n'est pas elle.

– Désolé, dis-je à la femme qui doit avoir trente-cinq ans et quelques et se met à parler en russe. Je suis vraiment désolé, je vous ai prise pour quelqu'un d'autre.

Son mari baraqué s'approche. Il n'a pas l'air content que j'importune sa femme.

– Je suis vraiment désolé. Vraiment, je ne voulais pas faire ça. Ça vous dit que je vous prenne en photo ? Non ? Eh bien, passez un bon séjour à…

Mon regard se pose sur le coin nord-ouest de la terrasse et je m'interromps. Parce qu'elle est là. Une silhouette qui regarde vers le nord, vers… Columbia. J'arrive à m'arracher au couple russe et je m'arrête net. Parce que même si je veux la voir de près et tout lui déballer, je veux aussi qu'elle prenne sa décision toute seule. Aucun homme, même moi, ne devrait influencer le choix qu'elle fait pour son avenir. Je pensais ce que je disais sur l'affreux hipster et je le pense d'autant plus maintenant. Si elle revient à New York, il faut que ce soit parce qu'elle le veut, pas pour moi. Elle est en train de faire la dernière étape : elle prend de la hauteur et réfléchit à tout.

Je suis heureux de lui accorder ce moment de recueillement, aussi longtemps qu'elle le souhaite. Mais Boulette n'est pas de mon avis. Dès qu'elle flaire sa maîtresse, elle tente de se dégager de mon étreinte. Et quand je l'en empêche, elle se met à aboyer. Au début, ses aboiements sont étouffés par les vents féroces du mois de décembre qui soufflent en bourrasques sur la terrasse, mais ils finissent par atteindre leur cible.

Charlotte commence à se tourner et je prends conscience que j'ai le trac. Elle a l'air stupéfaite. Elle me fixe comme si on venait de lui demander de diviser trois par dix-sept. Elle n'a pas la moindre idée de ce que je fais là.

Mais moi, je sais ce que je fais là. Je m'avance jusqu'à elle avec notre chien contre ma hanche, de façon à dégager une main pour prendre une des siennes. Je l'attire vers moi et je l'embrasse. Elle m'embrasse aussi, s'accrochant à ma parka en serrant fort les poings. Elle m'attire tout près d'elle, jusqu'à ce que nos lèvres et nos corps soient pratiquement collés.

Et puis notre chien nous sépare, nous obligeant à nous reculer pour éviter ses coups de langue enthousiastes. Nous nous écartons en riant, et Charlotte caresse Boulette.

– Tu as de la chance que je t'adore, ma petite dame ! Puis elle regarde vers le sol en se mordillant la lèvre, émue d'un coup. Je t'ai attendu. Qu'est-ce qui s'est passé ? Pourquoi tu m'as laissée en plan ?

– Je ne l'ai pas fait exprès, lui dis-je, étonné d'arriver à émettre le moindre son. J'ai l'impression que mon cœur veut bondir hors de ma poitrine et de ma bouche pour s'offrir à elle. Je récupérais Boulette quand les portes se sont fermées.

– J'ai cru que tu avais décidé que la soirée était terminée, chuchote-t-elle.

Elle lève les yeux vers moi. Elle serre la mâchoire pour tenter de maîtriser sa respiration. L'air glacé de Manhattan donne à ses joues un éclat rosé qui, dans cet instant, à mes yeux, illumine le ciel. Je lui attrape la manche délicatement et l'attire vers moi, tout près.

– Je suis tellement soulagé qu'on t'ait retrouvée.

Collée contre moi, le front posé sur ma poitrine, elle caresse le museau de Boulette.

– Je n'en reviens pas. J'ai vraiment pensé que tu… Elle m'entoure la taille des deux bras et me serre fort. J'ai cru que tu n'avais pas cherché à me retrouver.

Je me rappelle quelque chose que j'ai pensé et dit ce soir. Il faut que je lui en parle. Elle a besoin de le savoir.

– Regarde-moi.

Elle recule un peu sa tête pour mieux me voir. Elle a les yeux qui brillent, mais les larmes ne coulent pas.

– Dans le métro, j'ai cru que tu me repoussais, lui dis-je. Tu as marmonné un truc… sur Colin… en t'endormant.

Ses yeux s'écarquillent.

– Sur Colin ? Ce sale con ?

J'éclate spontanément de rire, et au bout d'une seconde, elle se joint à moi.

– Je pensais à lui, c'est vrai, dit-elle à mi-voix. Mais je crois que c'était pour lâcher prise, en fait. Je me détachais de l'idée qu'il a un jour compté pour moi.

Je lui caresse la joue et elle me sourit, sans me quitter des yeux.

– Je crois qu'on est tous les deux en train de se rendre compte que les gens de notre passé ont peut-être moins d'importance que les gens de…

Je m'interromps, trop poule mouillée pour le dire.

Mais elle, elle n'a pas peur.

– De notre avenir ?

Je hoche la tête en souriant.

Elle rit en secouant la tête.

– Regarde-nous ! Je me penche en avant et je pose mes lèvres sur son front. Deux idiots qui s'assument !

Elle me serre plus fort dans ses bras. Boulette se niche dans notre étreinte.

Charlotte se recule de façon à pouvoir m'examiner. Ses yeux se plissent et je comprends qu'elle essaye de capturer un souvenir.

– Tu allais me dire quelque chose, dans le métro, juste avant qu'on soit séparés.

– J'ai dit beaucoup de choses dans ce métro. Je lui dépose un baiser sur le sommet de la tête. J'essaye de ne pas frémir en sentant l'odeur de lilas. Mais tu étais fatiguée.

– Est-ce que tu… Je sens battre son cœur contre ma cage thoracique. Ça pourrait être le rythme de basse d'un morceau de musique. Est-ce que tu te souviens de ce que tu as dit ? Je suis dégoûtée de pas avoir tout entendu.

Je ferme les yeux en essayant de me rappeler. Je n'ai pas employé de mots précis, je parlais en désordre, comme en écriture automatique.

« Je disais ce que je ressentais. C'est ce que je devrais faire maintenant. »

– Tu m'aurais demandé cet après-midi si je me croyais capable d'être heureux à nouveau, je t'aurais sans doute ri au nez. Parce que je pense que je ne me suis jamais senti aussi minable qu'après… après la scène de l'aéroport. Mais maintenant, tout ça m'est égal, et il est possible que je n'y pense plus jamais.

Je ne sais pas si c'est très fidèle à ce que j'ai dit dans le métro, mais il y a une chose que je me rappelle, c'est la fin de mon discours. Et maintenant qu'elle m'offre une autre chance, je veux la modifier.

– Tout à l'heure après la pizza chez *John's*, je me suis demandé jusqu'où on allait pouvoir pousser la dinguerie. La soirée avait été assez originale jusque-là. Tu venais de monter sur un vélo et tu me disais de te suivre. Je ne savais pas où tu allais, mais j'avais envie de le découvrir. C'était la vérité, et ça l'est encore. J'ai besoin de découvrir qui tu es, qui on est. Chaque jour, j'ai envie de partir à la découverte…

La fin de mes élucubrations est interrompue par son baiser, qu'elle plaque sur mes lèvres presque aussi fort que sa main sur ma nuque. Je suis frappé par la différence que ça fait, par la qualité du baiser, quand on sait que la personne en face a vraiment envie de vous embrasser. Vous, et vous seul.

Quand elle arrête de m'embrasser, on respire tous les deux très fort. Ses fossettes se creusent quand elle sourit et nous ne sentons pas la neige nous fouetter le visage.

– Je t'aime, dit-elle, et je suis étonnée de ne pas être étonnée. Je suis peut-être complètement tarée, mais c'est la vérité.

Je me penche en avant et je pose mon front contre le sien. En chuchotant…

– Je suis désolé de t'avoir abandonnée.

Elle me passe les mains sur les hanches et m'attire à nouveau vers elle.

– Non, c'est moi qui suis désolée. Ce ne serait pas arrivé si je ne m'étais pas assoupie. Je m'en veux. Je ne veux pas rater un seul instant. J'étais un peu paumée. D'un coup, tu me disais qu'on devait arrêter, que tu allais me payer une chambre d'hôtel et je… je n'ai pas su quoi faire.

– Tu me plaisais trop. C'est pour ça que ça a été une torture d'entendre son nom dans ta bouche. Je sais ce que tu ressentais pour lui.

Elle se recule un peu pour être sûre que nos yeux sont plantés les uns dans les autres. Et je la crois sur parole quand elle me dit :

– Ce que je *pensais* ressentir pour lui. Et tu veux que je te dise ? Si je ne t'avais pas rencontré, si on n'avait pas fait… tout ce qu'on a fait, je me dirais encore que Col…, que lui et moi, c'était une vraie histoire. C'est toi qui m'as permis de voir que ça n'en était pas une.

Je suis sur le point de répondre quelque chose, mais je suis interrompu par une fanfare de trompettes. Charlotte secoue la tête en marmonnant.

– C'est sûrement ma mère qui s'assure que je vais bien.

Elle sort son téléphone de son sac et le consulte. Je ne sais pas ce que c'est, mais ça la stoppe net et elle inspire en sifflant.

– Oh ! c'est la compagnie aérienne. Ils me mettent la pression pour que je confirme si je veux ou non prendre un des vols supplémentaires qu'ils ont programmés.

– Dis oui, réponds-je sans hésiter. À la façon dont elle me regarde, sourcils froncés, je vois qu'elle est perplexe. Je ne veux pas que cette nuit se termine, mais tu devrais être en famille, c'est Noël. Et tout compte fait, j'ai envie d'être avec la mienne. Grâce à toi.

– J'ai fait quoi ?

– Tu m'as permis de voir que ce n'est pas ma famille que je cherchais à fuir ; c'était moi, mon propre chagrin. Mais c'est incohérent, parce que mon chagrin, je le trimballe partout avec moi. Et je ne peux pas avancer, si je fuis. Et avancer, ça commence chez nous, pour tous les deux.

– La base affective ? demande-t-elle.

Elle me renvoie à ce que je lui ai dit à Washington Square, sur la conception du chez-soi.

Je souris instinctivement, parce qu'elle s'en est souvenu. Parce qu'elle écoute.

On s'entend.

Je hoche la tête.

– Voilà, la base affective.

Elle soutient mon regard un instant, avant de laisser couler la première larme. Elle regarde par terre.

– Mais je n'ai pas envie de partir.

– Viens là. Je prends sa main gauche dans ma droite et je l'entraîne jusqu'au mur, face à la vue sur l'Upper West Side. La hauteur. Regarde.

Elle regarde au loin, plus loin que là où elle regardait quand je suis arrivé. Pendant quelques instants. Puis elle se tourne vers moi.

– Je ne comprends pas.

Je lui montre tout au bout, le parc recouvert de neige qui se déroule, tel un tapis blanc, pour nous révéler l'Upper West Side.

Columbia. L'année prochaine. Tout ça sera encore là quand tu reviendras.

Je la regarde et j'entrelace ses doigts dans les miens.

– Ça ne bougera, et moi non plus. On t'appartient. Tu sais pourquoi ?

– Pourquoi ?

Je me penche pour l'embrasser.

– Parce que c'est ici que sera ta place.

10. Prenez de la hauteur.

Chapitre 13

Charlotte

2 h 07

Après les baisers et les déclarations enflammées, tout devient flou. Je me sens légère, ivre de bonheur. J'ai l'impression de descendre en flottant du haut de l'Empire State Building jusqu'à la Trente-Quatrième Rue. Une fois en bas, Anthony s'avance sur la chaussée et lève le bras. J'essaye de le retenir.

– C'est bon, dit-il. Tu dois rentrer chez toi, auprès de ta famille, de tes sœurs. Tout va bien. Viens, on se dépêche.

Je ris.

– Je ne cherche pas à ne pas rentrer chez moi, je…

Il se penche pour trouver mes yeux, d'un air à la fois dubitatif et amusé.

– Quoi ?

– Tu veux bien me laisser héler le taxi moi-même ?

Je regarde ailleurs, gênée que ça ait autant d'importance à mes yeux. Je n'ai jamais hélé de taxi à New York et je suis frappée par ce besoin étonnant de le faire, comme si c'était un rite de passage. Anthony sourit et recule d'un pas.

– Cette ville est toute à vous, très chère.

Et à cet instant précis, j'ai la sensation qu'il a raison. Et puis, deux taxis m'ignorent totalement. Je jette un regard à Anthony et m'apprête à reculer pour le laisser faire.

– Non, non, non, dit-il en me poussant doucement vers le bord du trottoir. Le taxi est un droit new-yorkais. Tu dois lever la main comme si tu t'attendais à ce qu'il s'arrête. Comme si ça ne te traverserait même pas l'esprit qu'il ne le fasse pas.

Je soupire et me tourne à nouveau vers la chaussée. Une paire de phares solitaire fend la nuit new-yorkaise, un bloc plus haut sur la Trente-Quatrième Rue. « C'est le tien, me dis-je. Il est à toi. »

Je pose un pied sur la chaussée en levant le bras pour héler le taxi. Je le transperce des yeux, comme si je faisais un duel de regards avec les phares et…

Il ralentit, s'arrête, et le conducteur se penche vers moi. En montant dedans avec Anthony, je me retiens de faire une danse de la joie. Anthony me donne un petit coup de coude.

– Te voilà intronisée, déclare-t-il.

J'ai la sensation de l'être vraiment, et c'est génial.

*

Cinq minutes plus tard, le taxi roule vers JFK et je me sens euphorique et épuisée (*eupho-puisée* !). Main dans la main, nous repositionnons paresseusement nos doigts à un rythme lent et désordonné, sans jamais nous décaler ni nous emmêler les pinceaux.

Ce n'est sans doute pas indispensable, après tout ce que nous avons fait et dit cette nuit, mais j'éprouve quand même le besoin de lui pincer le menton de ma main libre, pour tourner son visage vers moi.

– Je te retrouverai.

Il prend l'air effrayé.

– Tu dis ça comme si tu allais me traquer.

Jusqu'à présent, nous riions et blaguions ensemble, c'était super. Mais je ne suis plus d'humeur à rire. Je veux être sérieuse.

– Tu m'as comprise.

Son expression devient grave et il me fait face sans cligner des yeux.

– Je sais. Je te l'ai dit, je t'attendrai. Et New York aussi.

– Tu es sûr de pouvoir le faire ? je demande en me tortillant un peu pour mieux le regarder. Tu es sûr de pouvoir attendre ?

– Et toi ?

Ma réponse tombe immédiatement, sans la moindre hésitation.

– Je ne sais pas où ça va nous mener, mais… j'ai envie de le découvrir.

Il sourit, se penche vers moi et m'embrasse à nouveau. Je sens une larme se frayer un chemin entre nos lèvres. Je ne sais pas si elle vient de ses yeux ou des miens. Peu importe.

Anthony rompt notre baiser, se penche en arrière et me regarde. L'air de nouveau très sérieux.

– Si on fait ça, dit-il, alors il y a quelque chose d'essentiel que nous devons absolument régler avant tout. J'ai besoin de savoir…

Je sens mon cœur se serrer. Qu'est-ce qu'il a en tête ?

– C'est quoi, ton nom de famille ?

Sérieusement ? On n'en a jamais parlé jusqu'à maintenant ?

Je ris.

– Cheshire.

Il sourit, hoche la tête, comme si c'était cohérent.

– Une autre question, sans doute un peu euh… un peu plus indiscrète…

J'essaye de cacher ma gêne. Qu'est-ce que ça peut bien être ?

– Je peux avoir ton numéro ?

*

Très vite, j'ai une nouvelle carte d'embarquement dans une main et la main d'Anthony dans l'autre. Boulette, en laisse, marche entre nous. Tout doucement. La petite chienne est morte de fatigue.

Nous nous approchons du poste de sécurité et je suis partagée entre la joie de rentrer et l'hésitation, l'appréhension de quitter Anthony. Je n'ai pas peur qu'il rencontre quelqu'un d'autre ou qu'il me trompe comme l'a fait son ex. Mais à mesure que mon départ se profile, avec la perspective de ne pas pouvoir y échapper, je n'ai aucune envie d'être séparée de lui.

Nous voici à l'arrière de la file qui serpente vers le poste de sécurité. Devant nous, d'autres Européens exténués aux yeux rouges titubent vers l'embarquement d'un vol qu'ils n'avaient pas prévu de prendre.

– Bon…

Je vois qu'Anthony n'a plus rien à ajouter pour l'instant.

Je plonge la main dans mon tote-bag et j'en sors *Oubliez votre ex en dix étapes*, le livre qui nous a fait vivre des situations amusantes, absurdes, illégales et finalement merveilleuses, toute cette nuit.

– On n'en a plus besoin, je crois !

Il sourit et me le prend des mains. Il le retourne et secoue la tête.

– Je n'en reviens pas que ça ait marché.

– On devrait peut-être le laisser quelque part pour que d'autres le trouvent. Tout à l'heure, quelqu'un va peut-être se retrouver dans le même cas de figure que nous.

Il sourit à nouveau et fait un tour d'horizon. Ses yeux se posent sur une rangée de quatre sièges juste devant la sécurité. Il y va et se penche pour poser le livre sur le troisième siège. Puis, la main sur le cœur, il me regarde, les sourcils levés, l'air de dire : « Qu'est-ce que tu attends ? »

J'imite sa pose. Il se tourne à nouveau vers le livre.

– Puisses-tu panser d'autres cœurs ce Noël. Mais essaye d'éviter que le couple suivant se fasse arrêter par les flics !

Je pousse un rire strident et nous hochons tous les deux solennellement la tête, avant de faire nos adieux au livre. Il me rejoint dans la file d'attente et reprend ma main, qu'il serre.

– Tu as mon numéro, hein ?

Je lui souris.

– Et ton mail et ton Insta. Tu ne m'échapperas pas, Monteleone !

– Je ne suis pas en cavale.

Il m'embrasse à nouveau et je pense aux sept heures qu'on a perdues entre notre rencontre et notre premier baiser.

Nous nous interrompons lorsque la laisse de Boulette s'enroule autour de ma jambe. La petite chienne s'est emmêlé les pattes dedans et je me retrouve bien ligotée. Anthony rit en se mettant à genoux pour me libérer. Comme s'il ne l'avait pas suffisamment fait aujourd'hui.

– Je crois que tu vas presque autant lui manquer qu'à moi, dit-il.

Je lui réponds avec légèreté. Si je me lance dans la sincérité ou l'éloquence, je vais fondre en larmes.

– J'espère bien que je te manquerai.

– T'en fais pas. Tu es incroyable.

Je le regarde d'en haut, mais ce que je vois dans le regard d'Anthony, c'est moi. La fille qu'il a rencontrée ce soir était à terre, mais elle a fini par se relever et par s'approprier une ville, avec lui à ses côtés. Une fille qui ne savait ni où elle allait ni où elle voulait aller, qui avait peur de ne se sentir à sa place nulle part et qui a trouvé la force de répondre à ses interrogations. C'est la version de moi-même que je ramène à Londres. Et c'est la version de moi-même que je ramènerai ici dans environ huit mois.

Anthony a su tout de suite qui j'étais.

9. Voyez-vous dans le regard de quelqu'un d'autre.

Je me penche pour caresser délicatement le sommet de son crâne en laissant glisser ma main le long de sa nuque.

– Merci.

Quand il lève les yeux, il a l'air perdu. Mais ça ne dure qu'un temps. Il hoche la tête et sourit. Je lis tout dans ses yeux. « Tu vas me manquer. Je suis impatient de te revoir. » Il finit de démêler Boulette et la prend dans ses bras.

– Allez, fifille, on dit au revoir à maman.

Je la prends et la serre contre moi. Je demande à Anthony :

– Tu vas la garder ?

– Bien sûr, répond-il. C'est notre chienne.

Je la lui rends. Je tapote une dernière fois la tête de Boulette et lui promets qu'on se reverra bientôt. Puis je regarde Anthony.

– Je te suis dès que je rentre. Bon d'accord. Un, ça fait très *creepy*, et deux, c'est franchement paradoxal. Je veux dire sur Insta.

Argh ! Pourquoi faut-il que pile à la fin d'une nuit parfaite, je me remette à parler pour ne rien dire ? Je ferais peut-être mieux de ne plus ouvrir la bouche. Alors je dis « salut ! » et je m'engage dans la file du scanner pour essayer d'échapper à mon au revoir pathétique. Mais impossible d'échapper à ma honte ; où que j'aille, mes joues enflammées me suivent.

Arrivée au niveau du scanner, je me baisse pour délacer mes bottes, quand un homme se met à crier :

– Monsieur, s'il vous plaît, cette…

Je n'entends pas la suite, parce que ma main a été happée par une autre main. Inutile de chercher à qui elle appartient. Maintenant, on m'embrasse.

Un baiser si parfait que j'en ai le vertige. Quand je m'écarte, j'ai l'impression que mes jambes sont en papier. Je suis de nouveau toute joyeuse et j'essaye de m'habituer à la perfection de ce que je ressens… quand l'agent de sécurité ronchon qui est apparu derrière Anthony se racle la gorge et demande si « monsieur a une carte d'embarquement ». Parce que sinon, il n'a « rien à faire dans cette zone de l'aéroport ».

Je serre une dernière fois la main d'Anthony en levant les yeux vers les siens. Pendant trois secondes, j'essaye de penser à un truc à dire qui rendrait cet instant aussi intense qu'il l'est, et puis je me rends compte qu'il n'y a plus rien à ajouter. Tout a été dit aujourd'hui.

Je porte sa main à mes lèvres et y dépose un doux baiser. Je lui adresse un sourire, me retourne et poursuis mon voyage jusque chez moi en pensant : « Huit petits mois et je serai de retour… et Anthony m'attendra. »

Épilogue

Charlotte

2 janvier

– Charlotte ! Il y a un colis pour toi !

Dans ma chambre chez mes parents, je referme brusquement mon livre et je le jette au pied de mon lit. J'en suis à la page quatre-vingt de *Représailles* – j'ai fini par m'en acheter un exemplaire à l'aéroport de Heathrow – et je ne sais toujours pas pourquoi Donny va prendre cher.

Je sors de ma chambre et dévale l'escalier. Maman est dans l'entrée, un colis dans les mains. À côté d'elle, Emma l'examine, avec une grande attention. Ma plus petite sœur est du genre très curieuse.

– C'est quoi, La Lotte, c'est quoi ? demande-t-elle en se collant à moi quand j'arrache le colis des mains de maman.

Ce que je remarque en premier, c'est le code postal à cinq chiffres de New York et le nom de famille, Monteleone.

– C'est pour moi, dis-je en tirant la langue et en lui tournant le dos pour remonter les marches deux par deux. Je cours jusqu'à ma chambre et je referme la porte trop vite. Elle se claque en faisant trembler toute la maison. Désolée ! je crie à l'intention de maman.

Je pose le colis sur mon lit et je l'ouvre. À l'intérieur, l'emballage fait dans un magnifique tissu froissé turquoise me chatouille les doigts. Je découvre une écharpe toute simple. Je reconnais la couleur : bleu Columbia. Attachée à une extrémité, il y a une photo d'Anthony dans la cuisine de chez lui. Il est assis à table, Boulette sur les genoux. Notre chienne se penche vers l'objectif en le dévorant des yeux. Ça ne fait qu'une semaine et quelques que je suis partie, mais ils me manquent tous les deux terriblement.

Au dos de la photo, il y a un mot dans une écriture que je sais qu'un jour, je reconnaîtrai entre mille.

« Je sais que Noël est passé, mais je n'ai pas besoin d'une occasion pour t'offrir un cadeau. Rien de ce que je pourrai t'offrir n'aura jamais autant de valeur que ce que tu m'as donné (et je ne parle pas que de Boulette !).

Rendez-vous cet été. B et A xx. »

Un sourire de folle se dessine sur mon visage pendant que je découvre le petit mot. Je suis heureuse d'avoir le cœur au bord de l'explosion… car il n'explose pas de douleur. Mon avenir prend enfin forme. Je vais aller à l'université dans une ville où j'aurai ma place de New Charlotte. New Charlotte va faire de New York son chez-soi, du moins pendant un temps. Je ne sais pas où m'entraînera cette histoire ni où elle se terminera.

Mais j'ai envie de le découvrir.

Remerciements

Rares sont les livres qui ne sont l'œuvre que des personnes créditées sur la couverture. Celui-ci ne fait pas exception à la règle. Un grand merci à Samantha Noonan, Charles Nettleton, Chris Snowdon et Clare Hutton pour leurs suggestions formidables au fil de l'écriture. Et à Kate Egan chez KCP Loft pour ses éclairages qui ont rendu le livre encore meilleur. Merci aussi à Alexandra Devlin, Harim Yim, Rachel Richardson et Alex Webb chez Rights People, qui ont défendu le livre dans le monde entier ! Et maintenant, comme dans ce livre, nous allons continuer les effusions d'amour à deux !

Certifié PEFC
Ce produit est issu de forêts gérées durablement et de sources contrôlées
PEFC
PEFC/18-32-94
www.pefc-france.org

Achevé d'imprimer en septembre 2024 par Rotolito SPA en Italie
N° édition 24L0893
Dépôt légal septembre 2024